DE LA MÊME AUTEURE

Aux Éditions Gallimard

CARGO, *récit*, « Le sentiment géographique », 2018.

MARIANNE RÖTIG

LA DISPARITION DES RÊVES

roman

nrf

GALLIMARD

Pour l'écriture de ce texte, l'auteure a bénéficié du soutien du Centre culturel des Cèdres et du Festival du livre de Mouans-Sartoux ainsi que du soutien de l'IMEC – Institut Mémoires de l'Édition contemporaine – et de l'Académie de Normandie, dans le cadre d'une résidence à l'abbaye d'Ardenne.

P. 11 : René Char, « Transfuges », *Le Marteau sans maître*, Éditions Gallimard, « Poésie / Gallimard », 2002.
P. 99 : Italo Calvino, *Les villes invisibles*, Éditions Gallimard, « Folio », 2013.

Pour Marguerite

« L'esprit même du château fort,
c'est le pont-levis »

René CHAR

PROLOGUE

Fermer les yeux très fort : ne pas bouger, ne pas entendre le chien dans la rue, ne pas percevoir le jour à travers les paupières ou juste ce qu'il faut pour mieux tenir le lasso. Oublier que le tapis est bleu, que les rideaux sont ridicules, qu'il faudrait envoyer ces mails. Ne pas sentir cette main sur ma cuisse ni me rappeler que je suis nue.

Qu'est-ce que c'était, déjà ? Une île ou un village peut-être. Nous marchions dans un chemin. Non… Replonger. Dégager ma cuisse de la main, ne pas prêter attention à quoi que ce soit et surtout pas à ce chat en train d'escalader ma tête. Salaud de chat ! C'est fichu : le tapis est bleu, il fait jour, la main gagne mon ventre. Je les laisse faire et me réveille, la tête vide.

L'enfer durait depuis deux jours : plus un rêve.

Je résolus de me rendre au commissariat le plus proche pour porter plainte. Ma déposition fut des plus sobres : « Nature de la plainte : *Vol de rêves*. Heure du délit : *Les deux nuits dernières*. Informations qui pourraient être utiles à l'enquête : *Aucune*. »

À l'homme qui me raccompagnait jusqu'aux portes coulissantes, je demandai :

— Y a-t-il un espoir qu'on les retrouve ? Allez-vous faire une enquête ?

— Pas sûr, osa répondre le policier.

Première partie

« Sainte Rita, patronne des causes désespérées,
priez pour nous. »

1

Le commissariat donnait sur un boulevard désert. Il était encore très tôt. J'ai marché au hasard, une rue après l'autre, happée par l'ambiance de gueule cassée que dégageait la ville. Si quelqu'un avait demandé, le policier par exemple, j'aurais avoué que j'avais surtout froid. À l'angle de la place Gambetta, *Le Chiquito* était blême, un peu glauque, mais il suffisait amplement. Les coudes vissés au bar, des gars donnaient l'impression qu'ils dormaient tous ensemble. L'un d'eux a levé les yeux de son portable pour m'ouvrir et son geste effaçait un peu la sensation d'apocalypse. Qui avait un jour parlé du lait de la tendresse humaine ? Je ne savais plus et puis ce matin, le café était noir de jais, noir sans image dedans.

Jusqu'alors, les rêves ne m'avaient jamais désertée et je vivais pour l'heure joueuse, c'est-à-dire l'aube. Rien ne me plaisait plus que d'être soulevée du sommeil, mordue par les retrouvailles avec la lumière, la chair astreinte au retour. Je m'éveillais généralement en étoile, allongée de tout mon long sur les couvertures, amusée de n'être plus là où je croyais, au beau milieu des dragons, des héros, des arbres trop grands. J'étais tantôt Jane, tantôt éléphant, Hitler était une femme, Pasolini me tendait un cigare. Avec un peu de chance, j'apercevais les transitions entre deux rêves, faites de lianes ou d'embrassades. La séance pouvait alors commencer, en projection quadricolore sous les paupières, dont on ne savait jamais où elle menait ni d'où elle provenait, mais qui donnait à voir tout ce que la nuit avait fabulé, un CinémaScope tressé de détails, la came intégrale.

Lorsque j'étais assurée de tenir le schéma tout entier, je me levais et préparais le plateau : beaucoup de café et du lait, cendrier et briquet, des cigarettes, et le carnet. Le rituel était immuable : où que je me trouve, je cherchais le siège le plus proche, j'allumais la première bouffée de la journée et je commençais à consigner les merveilles de la nuit. J'ai sorti le carnet. Aujourd'hui, il n'y avait qu'un seul mot à écrire : *Rien*.

2

Si je demandais à mes collègues ou amis à quoi ils avaient pensé en dormant – *penser* plutôt que *rêver* –, certains acceptaient de me raconter, mais leurs mots donnaient l'impression qu'ils voulaient se défaire des images. Pour moi, les rêves structuraient la vie. Qu'un songe m'ait apporté une panthère, on m'entendait feuler dans la matinée. Qu'un ministre ait parlé de son programme électoral la nuit précédente, j'élaborais le mien dans l'après-midi. Les pires journées n'étaient qu'à moitié redoutables : face à leurs nombreux périls, il me suffisait de penser au refuge fidèle qui surgirait à la nuit tombée. Je pouvais m'amuser des trahisons ou des échecs, attendant simplement, presque sagement, ce qu'ils produiraient d'invention dans le noir.

Au journal, on s'était habitué à m'entendre parler seule et dans l'ensemble, on respectait assez. Je n'étais plus interrompue que pour les urgences. Si les plaisanteries devenaient rares, je m'étais construit une solide réputation de Pierrot à la rédaction : mon collègue Bertrand aimait dire aux nouveaux que je « tutoyais la lune ». J'appréciais

Bertrand, sa tête ronde qu'il tentait vainement d'allonger par des coupes improbables ; il mêlait toujours à ses piques ce qu'il fallait de douceur. À la longue, nous étions passés du rang des gladiateurs concurrents à celui de frères d'armes plutôt paisibles, des sœurs même, car Bertrand ne détestait pas qu'on le confonde avec une collègue. Certains matins, il refusait catégoriquement de tourner la tête si nous ne disions pas *Bertrande*, en insistant légèrement sur le « an ». Cela lui conférait un charme anglais que j'hésitais à trouver aristocratique : le journal étant supposé être de gauche, nous veillions sur nos dires. Je l'imaginais volontiers arrivant au bureau la mèche haute, monté sur un magnifique pur-sang, renversant la porte d'un coup de sabot magistral : *L'information ou la vie !* Je rêvais d'ailleurs souvent de lui ou d'elle, en fonction des vents. Il se moquait :

— Est-ce que tu as rêvé de moi ou pensé à moi ? Ce n'est pas la même chose, Camille, pas la même chose du tout, je t'assure.

Souvent, je n'attendais pas même de rentrer, pas même de m'endormir, *je jouais aux rêves* dès que je pouvais, sur un coin de table, m'amusant à prévoir ce que donnerait la nuit. J'imaginais divers scénarios. J'avais renversé un café sur un invité qu'il ne fallait à aucun prix contrarier ? J'écrivais dans le carnet : *Je canote sur un large fleuve surplombé par deux yeux menaçants. Une larme coule de l'un, marron, qui vient teindre tout le fleuve. Odeur de café, mouvement irrépressible vers l'eau qui colore ma peau, je deviens brune. Il se met à pleuvoir des injures, littéralement : les mots me tombent dessus et me frappent.* Ou pire : un attentat avait fait vingt-deux morts sur un marché au Gabon et j'étais en retard pour finir l'article, écœurée par les photographies qui peuplaient déjà la Toile. Je notais : *Nuit à venir possiblement peuplée de portes qui ne se ferment pas à temps, ribambelle de couloirs où je passe ma vie à courir, des bouches de toutes parts tentent de m'apprendre des informations confidentielles que je n'entends pas. Munch. À l'issue du dernier couloir, un cygne me cueille et m'emporte survoler les grands lacs. Nous frôlons le cou des girafes. À force de jouer avec l'oiseau, leurs têtes écrivent dans l'air le message en toutes lettres, enfin lisible :* Ne mangez plus !

J'avais divisé mon carnet en deux parties étanches : la page de gauche était réservée aux prédictions, celle de droite aux collectes du matin. Les jours où je n'avais pas eu trente secondes devant moi, les pages de gauche étaient blanches. Celles de droite, jamais. Jusqu'à aujourd'hui. Ce long aujourd'hui qui durait depuis maintenant deux jours.

J'ai fait alors ce qu'il faut toujours faire lorsqu'une chose n'est pas à sa place : appeler Bertrande. Bertrande répondait toujours. Il faisait partie de ces gens dont on ne comprend pas s'ils dorment et à quelle heure : ses mails arrivaient au milieu de la nuit comme au petit matin. Je savais pouvoir le joindre sur chacune des innombrables messageries de notre début de siècle et j'avais parfois l'impression que si deux personnes sonnaient, l'une à son domicile, l'autre au bureau, Bertrande se présenterait à l'une comme à l'autre, frais, proposant un café, « à moins que tu ne préfères une anisette ? ». À sa façon, notre duo était garant de la diversité du monde car j'étais sa lune noire : dormant beaucoup, je ne redoutais rien tant que les avalanches de mails, ne m'aventurais sur les réseaux qu'à pas de souris, souvent la pince au nez, priant pour qu'on ne m'adresse pas la parole de peur qu'il faille *répondre*. J'avais bien du mal avec ce commerce de l'immédiat généralisé.

La hiérarchie m'avait d'ailleurs fait des remontrances : dans le métier, il était embêtant d'être peu joignable, fâcheux d'être piètre communicant. J'avais négocié, comme toujours en faisant une pirouette et amende honorable. Mais lorsque le naturel avait repris le dessus, le rédacteur en chef s'était emporté puis, d'un air las, avait proposé une solution durable :

— Bon. On pourrait peut-être vous affecter aux reportages d'investigation, ceux au long cours. Y est privilégiée une qualité dont je sais désormais que vous ne manquez pas : la lenteur.

J'avais pris la baffe en douceur, trop heureuse pour m'insurger. Cet homme venait de me proposer des voyages.

Il n'y eut qu'une sonnerie :

— Bertrande ?

— Oui.

— Ça va ?

— Oui.

— Je sors du commissariat et quelque chose me chiffonne. Tu vas rire : cela concerne les rêves.

— Oui.

— … Tu aurais entendu quelque chose sur le sujet ? Peut-être sur le fait qu'ils disparaissent ?

— Non. Je me renseigne. Je te rappelle.

— Merci.

— Oui.

3

Je rentrai me doucher et passer un jean convenable. J'habitais sur l'avenue Gambetta, dans le nord de Paris. Tout proches, les locaux du journal occupaient un grand bâtiment des années 1930 à l'angle de la rue de Ménilmontant et de la rue des Pyrénées. Ses vitres avaient été agrandies et doublées, les salles de rédaction se conformaient à la mode en vigueur des espaces ouverts mais dans l'ensemble la bâtisse conservait son charme. Les sols pavés de carreaux jaunes et rouges faisaient crisser les pieds métallisés des tables, les soirées de bouclage surtout, lorsque nous avions sorti un numéro particulièrement harassant et qu'il était urgent de relâcher la pression. Il y avait souvent des fêtes et de manière générale l'alcool coulait à flots.

Le journal résistait encore un peu au « tout numérique », nous restions présents dans les kiosques. Me plaisait cette incarnation noir sur blanc de longues semaines de travail, les idées enfin capturées par les rets du papier. Le journal étant à parution quotidienne, l'imprimerie ne s'arrêtait pas davantage que les allées et venues des chroniqueurs. La salle des machines occupait tout le sous-sol du bâtiment. Dès que les obligations me laissaient un instant, je filais me planquer dans la salle basse pour respirer l'encre. Dans la relative pénombre – de minces ouvertures couraient le long des plafonds – on pouvait se pelotonner à son aise, loin de la perpétuelle agitation des étages, dans le bruit rassurant des machines. Le journal ressemblait alors à une locomotive ou un paquebot, avec ses soupapes, ses cheminées, une grande carcasse filant dans le réel, concentrée à tracer son sillage à la surface des jours.

Ce matin, je travaillais à la maison, loin de la ruche. Les pieds sur la table basse, je contemplais mon bureau, à l'autre bout de la pièce, avec un rien d'agacement. Les livres s'amoncelaient, le mur était couvert de Post-it : le grand bazar me faisait face, au pied duquel j'étais non seulement censée travailler, ce qui est une chose, mais vivre, ce qui en est une autre. Le moment de rupture, où on ne pouvait plus entrer dans la pièce sans renverser une pile, annonçait généralement la délivrance. Cette fois encore, la logique semblait voir juste : j'avais bientôt fini d'écrire ce foutu papier sur lequel je m'échinais depuis cinq jours. Dont deux sans rêve. C'était dur, mais il fallait s'y remettre.

À quinze heures, mon article était enfin fini et je fumais l'ultime cigarette de la satisfaction. Par la fenêtre, l'avenue Gambetta était à son concert habituel. Bon. Le prochain article. Le prochain voyage. Ordinairement, je n'attendais pas de finir un travail pour en lancer un autre : un rêve fondait sur moi, révélant un bruissement qui me passionnait soudain. Cette fois, rien. Le rédacteur en chef me pressait pourtant : inquiet de mon retard, il menaçait même de choisir mon prochain reportage. Dans les cas désespérés, j'avais une arme secrète : le Bottin, cette vieille relique dont j'avais conservé un des derniers numéros. J'en usais comme d'un oracle : je l'extirpais de sous une pile, l'ouvrais au hasard, puis obéissais à ce qu'il me montrait. Cette fois, il me fit atterrir au beau milieu des pages musique, à la section des pianos. Un encart aux arabesques compliquées attira immédiatement mon regard : *Archibald Maupertuis – Accordeur agréé – 11, rue Bernoulli (Paris 8e) – 01 22 47 72 35.*

Je ne réfléchis pas, j'appelai. Trois tonalités dans le vide, puis déclic :

— Archibald Maupertuis, pour vous servir.

— Camille Dutilleul à l'appareil. J'ai trouvé votre annonce dans le Bottin.

Silence.

— Je ne sais pas si vous pouvez m'aider. C'est un peu délicat... Exercez-vous depuis longtemps ?

— Depuis 1988.

— Alors ma demande ne vous surprendra peut-être pas.

— Essayez toujours, répondit la voix où perçait un sourire.

— C'est-à-dire... Je me demandais si vous accordiez les personnes.

— Les personnes ?

— Oui, les personnes humaines, celles qui en auraient besoin. Bien besoin.

— Est-ce que c'est grave ? Y a-t-il beaucoup de dissonances ?

— À première vue, je dirais que c'est un problème d'amplitude. Peu d'aigus, peu de graves, mais surtout un souci pour passer des uns aux autres.

— Un manque de différentiel en somme. Et de la casse ?

— Beaucoup.

— Je vois. Passez toujours, on verra ce qu'on peut faire.

J'allais raccrocher quand j'entendis :

— Mademoiselle Dutilleul ?

— Oui ?

— Apportez un manteau bien chaud. Je ne voudrais pas que vous preniez froid.

4

J'étais descendue au métro Rome, un peu au-dessus de la rue Bernoulli, et l'endroit me rappelait d'anciennes histoires étudiantes. La boutique était charmante avec son rideau de fer vert foncé. À peine avais-je effleuré la sonnette que la porte s'ouvrit, magique, sans que personne soit derrière. Je passai le pont-levis. Le drôle de monde… Les pianos, étrangement nombreux pour un espace qui paraissait par ailleurs étroit, occupaient le devant de la scène mais c'était la couleur qu'on voyait tout d'abord, partout la même : le noir profond venait de m'engloutir, la rue avait disparu.

Une voix appelait :

— Par ic*iii*, par ici. Entrez donc. Je finis et je suis à vous.

Au fond du long couloir, j'aperçus le balancement d'un rideau pourpre, précis et régulier. Mes yeux s'habituaient peu à peu à la pénombre et commençaient d'en percevoir le détail : les objets couvraient les pianos, j'étais au cœur d'un fourbi total. Que faisais-je là ? J'eus la tentation de fuir, effrayée de ce penchant qui me poussait toujours aux lieux inconfortables. Mais sur le dos d'un piano me faisait face un petit métronome qu'on devinait singulier : la tige de métal était accrochée à un enchevêtrement de lettres illisibles de loin. Je m'approchai. Le métronome était à l'arrêt. L'inscription la plus large était une date, si ancienne qu'elle faisait douter de sa véracité : *1656*. On lisait aussi clairement le lieu, *Amsterdam*. Le reste était indéchiffrable. Certains signes, légèrement plus gros que les autres, étaient écrits dans un gothique étrange, revisité. C'était la même graphie que l'annonce du Bottin.

— Intrigant, n'est-ce pas ? Vous n'avez pas perdu de temps.

L'homme avait parlé d'une voix pondérée laissant penser qu'il m'observait depuis un moment. J'eus l'impression d'avoir manqué l'introduction. Ses yeux me fixaient, pas de plus juste mot, et de si haut ! Car l'homme était aussi immense que maigre : Archibald Maupertuis, la soixantaine triomphante et acérée, me dépassait d'une bonne tête si ce n'est davantage.

— Tenez, c'est ainsi qu'il fonctionne.

Et il appuya sur la lettre A, qui était parmi les plus larges. On entendit un coup sec et le mécanisme se mit lentement en branle. La tige de métal commença son balancement dans le vide et la pièce s'emplit du rythme régulier : tic-tac, tic-tac. Tirées par le mouvement de l'aiguille, les lettres éparses s'agençaient peu à peu, cahotantes, pour construire une formule, visible un seul instant :

M-O-R-E G-E-O-M-E-T-R-I-C-O

Je reconnus la formule de ce philosophe que j'aimais beaucoup, Spinoza. Il avait habité à Amsterdam dans le courant du XVIIe siècle. Se pouvait-il que le métronome soit le sien ? J'éclatai de rire.

— Non?

— Si !

Le rire d'Archibald Maupertuis rejoignit le mien, juvénile.

— Mademoiselle Dutilleul, je suppose ?

Il y avait dans sa voix une grande ironie, que je pris pour une preuve de complicité. Une camaraderie venait de nous tomber dessus. Je lançai :

— Spinoza donc?

— Oui... On pense que le métronome lui aurait appartenu ou même qu'il l'aurait fabriqué. Le mécanisme est singulier mais tout à fait possible à son époque. Pourtant, que Spinoza – je l'imagine plutôt en homme discret – se soit amusé à se glorifier de la sorte et à mettre en avant la maxime de son livre principal : *Suivant un plan géométrique*... Non, j'ai du mal à le croire. Alors peut-être un ami. Un ami qui lui aurait fait ce cadeau en guise d'hommage... Peut-être un cadeau d'anniversaire ?

Il caressait le métronome d'une main distraite. Il reprit les yeux brillants, l'air un peu fou, et ceci encore plus que le reste me fit l'aimer :

— Ce serait amusant. Je n'ai jamais osé faire authentifier l'objet. Je préfère rêver.

Son regard longeait les pianos noirs puis trouva mes yeux.

— Mais vous, mademoiselle Dutilleul, d'où vous vient ce rire? Vous êtes bien jeune pour connaître Spinoza. Oh, pardonnez-moi, je suis un vieil imbéc*iii*le !

— Une amie m'a un jour offert son livre. Je veux dire : *L'Éthique*. Elle l'avait lu en une nuit. Pour moi, je n'ai fait que le parcourir, mais la troisième partie surtout, je peux dire que je l'ai dans le cœur. J'aime beaucoup son concept de joie. Et son idée que la vie suive un plan géométrique me parle : les gens me font souvent penser à des triangles, d'autres à des lignes, certains sont des cercles.

Il sourit.

— Venez, me dit-il, nous allons nous asseoir. Vous ne seriez peut-être pas contre un café ? Ou quelque chose de plus fort ? Il me semble qu'il me reste un peu d'une poire que je n'ai pas ouverte depuis longtemps. Ou un whisky ? Mais je n'ai pas de glace à l'atelier.

D'un geste lent, il souleva le lourd rideau rouge et me laissa pénétrer dans son antre. Il me désigna un siège, prit l'autre, après quoi il s'affaira sur un petit bâtiment en bois sombre pour dégoter deux verres et les bouteilles. D'un mouvement de sourcil haut levé, il m'interrogea.

— Whisky, répondis-je. Sans glace, ce sera très bien.

Les murs abritaient des marteaux, des pinces, des rouleaux de fil, les meubles avaient d'innombrables tiroirs dont certains, transparents, laissaient voir des petites boules métalliques de différentes grosseurs, des cordages de tout calibre et des papiers qu'on imaginait abrasifs. Archibald parla le premier :

— Vous vouliez me voir…

Sa voix était très basse, pour ne pas déranger.

— Oui… Il m'arrive quelque chose d'inédit. Je suis désaccordée, dissonante… Alors je suis venue. Ce n'est pas très ancien, seulement deux jours, trois peut-être, mais cela me semble long. Je n'arrive plus à grand-chose.

Archibald sirotait sa poire sans rien dire. Il me laissait faire mais, comme celles d'un chat, on voyait ses oreilles se tourner. J'avais confiance en son écoute et aussi ajoutai-je :

— La chose peut finalement être résumée en peu de mots : je ne rêve plus.

Il leva les yeux vers moi. Je n'avais pas encore osé le dévisager et n'aperçus qu'à cet instant son regard gris diaphane, si clair qu'il touchait presque au blanc. Il était douloureux de le fixer longtemps.

— Vous avez bien fait de venir, et vite. Une vraie épidémie.

Vidant son verre d'un trait, son expression devint assurée, comme s'il avait retrouvé le fil qu'il cherchait.

— Vous chantez ?

— Cela m'arrive.

— Alors levez-vous, nous allons essayer quelque chose.

Archibald me fit faire quelques échauffements puis je dus articuler quelques syllabes, avec des consonnes ou des voyelles, monter, descendre. Il me fit mettre pieds nus et me tendit une corde extirpée de ses tiroirs. Je devais tirer et chanter en même temps ou aller face au mur, les bras écartés, respirer. De temps à autre, il redressait une position, le geste d'un bras, l'angle du genou. Puis il alla chercher un petit instrument – de ce que j'en aperçus, il s'agissait d'une mince baguette de métal surmontée d'une bille en verre – et, très concentré, l'appliqua sur mon dos en divers points. Il frappait à petits coups brefs, sans insister. Le noir des murs, le peu de lumière : je m'ensommeillais. Les petites tapes dans mon dos gagnaient mes paupières et en repeuplaient le dessous. Voilà que je n'étais plus qu'une grosse chose sans conscience, un imposant piano noir rivé au sol, j'avais quatre pattes et une queue, je hurlais comme une louve, j'apercevais mes compères, mes autres, j'aurais pu les toucher si j'avais eu des mains.

Je frissonnai et ouvris les yeux. Archibald me regardait gravement.

— Nous ne pouvons pas aller plus loin pour l'instant. Votre cas est sévère mais loin d'être le plus grave que j'ai pu rencontrer. Voici mon ordonnance : reposez-vous, éloignez-vous des écrans et suivez votre flair. Vous avez su me trouver, vous saurez quoi faire. Le petit pommeau est pour vous, vous pouvez l'appliquer aux endroits les plus noués mais surtout *gardez-le toujours avec vous*, c'est important. Et donnez-moi de vos nouvelles, cela fait partie de la cure.

Je pris le petit instrument. Chanter m'avait emplie d'oxygène et cela faisait un moment que j'en manquais : le sang remontait mon corps et je regardais Archibald avec ferveur. Il avait moins l'air sévère qu'exténué. Ceci acheva de me ramener à la surface : il fallait partir. Je le remerciai et demandai comment le dédommager mais il refusa net. Devant mon air déconfit, il ajouta, non sans sourire :

— Ne vous inquiétez pas trop, ça risquerait de gâcher la séance.

Il ouvrit la porte. Le soleil nous tomba dessus avec ses grosses pattes. Archibald cligna des yeux derrière ses lunettes. La boutique faisait l'angle avec la rue de Rome et on apercevait la plaque de celle où nous nous trouvions.

En guise d'au revoir, je demandai à Archibald qui était ce mystérieux Bernoulli qui l'abritait.

— Il s'appelait Daniel, me répondit-il. Un mathématicien du XVIIIe. On lui doit une théorie sur la mesure du risque et un théorème auquel il a donné son nom : pour tout fluide soumis aux lois de la pesanteur, *s'il y a diminution de la pression, il y a dans le même temps accélération*. Cela devrait vous inspirer, ajouta-t-il avec cette ironie à laquelle je m'étais attachée. À bientôt, Camille. Revenez-nous vite.

Et la porte se referma sans que j'aie pu ajouter le moindre mot. Sans demander mon reste, je rentrai me coucher, exténuée.

5

À l'aube, mes yeux étaient ouverts et la ville blafarde. Le corps pesait des tonnes, et ma tête : une affreuse excroissance sur un piquet. Ce qui m'avait réveillée tôt, beaucoup trop tôt, était un mal communément répandu : une sonnerie de téléphone. Vaseuse, je décrochai. Une voix énergique me remplit l'oreille droite, que j'avais pourtant sourde.

— Camille, tu avais raison.

— Bon sang, Bertrande. Quelle heure est-il ?

— Six heures trente, pourquoi ?

— …

— Les rêves. Il y a un problème. Les sources convergent.

Je fis passer le téléphone à l'autre oreille, un peu moins sourde.

— D'abord : l'ambassade. J'ai appelé Jean qui sait toujours tout même s'il l'ignore. À la façon dont il répond, je sais s'il faut chercher et où. Et il a toussé, Camille, toussé, tu comprends ? Alors, j'ai fait le tour : flics, comités de rédaction, indics. Partout pareil : des chuchotements. Tu as vu juste, cela frémit, je ne sais pas comment tu as fait, car rien sur le Net pour l'instant. Surtout, j'ai appelé le docteur, qui confirme : les patients affluent. Des symptômes bizarres, variés. Mais pour tous, le même : plus de rêve. Certains sont mal en point, apparemment. Pour le docteur, je dirais qu'il était désemparé et ce qui ne trompe pas : il n'avait pas l'air étonné que je l'appelle.

J'ai mis un coussin derrière mon dos et tiré le paquet de clopes à moi.

— Alors, je n'ai pas lésiné : j'ai appelé le ministère de la Santé. On a refusé de me prendre. C'est la première fois. *Camille !* (J'ai sursauté.) Tu tiens un truc ! Mais je suis curieux, comment as-tu eu l'idée d'aller voir les flics, hier matin ?

Bertrande m'ennuyait mais ça avait l'air important pour lui alors j'ai répondu, bêtement.

— Bertrande. Je ne rêve plus.

— Ah.

Il s'est tu. Puis il a ajouté :

— Je te rappelle.

Il m'arrivait de le détester. Troisième clope.

Impossible de me rendormir. J'ai fait des litres de café, pris le cahier, marqué : *Rien*. Cela devenait répétitif. J'ai filé sous la douche en emportant la cafetière et le fume-cigarette. Car j'avais fabriqué un système pour fumer en me lavant : un œillet dans le rideau laissait passer le fume-cigarette en bakélite qu'on attachait par deux cordes suspendues au plafond. Une petite poulie permettait d'en régler l'inclinaison. Légèrement en contrebas, une coupelle (en argent, magnifique) récoltait les cendres. Deux gants de latex assez élégants permettaient de saisir le briquet et de changer les cigarettes. Sur le rebord de la baignoire, le chat avançait à pas comptés. Que pensait-il ? Aucune idée. Je m'en moquais d'ailleurs car un mot venait d'émerger de la mousse. C'est Archibald qui l'avait prononcé : épidémie, *une véritable épidémie*. Ce que Bertrande avait raconté du docteur l'avait ramené vers moi. Vint alors se former une idée redoutable : j'étais peut-être, comme d'autres apparemment, rien de moins que malade.

Les catastrophes ont ceci de bon qu'elles incitent à l'action. Je bondis hors de la douche et me précipitai sur le téléphone.

— En un mot, Bertrande. Est-ce que c'est urgent ? Le patron est-il au courant ? Qu'en pense-t-il ? Et toi ?

— Le patron est au courant, oui. Il a ri. Il ne prend pas cela très au sérieux. Je pense au contraire qu'il faut que tu t'y mettes et que c'est pressé. À vrai dire, j'avais prévu ton appel, j'ai été aux archives. Il y aurait bien…

— Oui ?

— … un sujet qui date du mois dernier, je ne sais pas si tu as su. Ce sont ces scientifiques qui vivent dans un phare à la pointe du Finistère et font des recherches sur les rêves. D'après ce que j'en comprends, ils ne quittent pas le phare, y dorment et notent le moindre de leurs cauchemars pour constituer des archives. Le sujet a été jugé non prioritaire, il n'a pas encore été traité. Pour ça, le patron serait peut-être d'accord, puisque c'est prêt et que par ailleurs c'est plutôt calme en ce moment. Tout est noté, on a les contacts, les accords. C'est le phare d'Eckmühl, dans le village de Penmarc'h. Je connais bien le coin, si tu veux, j'amorce le patron.

— Non. Fais du café, j'arrive.

Le patron m'avait écoutée attentivement puis avait hoché la tête d'un air grave en prononçant la formule magique: d'accord. Que le sujet soit prêt jouait en ma faveur, qu'il coûte peu cher également. Car je m'étais préparée, ne me présentant à lui qu'avec un plan de bataille rangé, camping inclus. Durant l'heure qui avait précédé, Bertrande m'avait montré les fiches. Le contact était une certaine Solenne Michelet, anthropologue et membre influente du laboratoire GRINAR, *Groupe de Recherche Interdisciplinaire Nocturne et Aquatique sur les Rêves*. L'acronyme laissait songeur. Mine plutôt sérieuse sur la photographie, les yeux de Solenne Michelet avaient un je-ne-sais-quoi de fantaisiste qui donnait envie.

J'avais fait quelques promenades sur le Net. Ne consulte-t-on pas une carte tout aussi bien qu'une voyante? En dézoomant très légèrement du phare d'Eckmühl, l'ordinateur m'apprit que le lieu-dit le plus proche s'appelait *LA JOIE*, comme le concept de Spinoza. Ma tête se mit à courir la campagne, tous songes dehors, et les mots s'agençaient comme dans l'automate d'Archibald: *La joie est l'accord avec ce qu'on peut… Toute augmentation d'agir accroît la joie…* Une phrase du philosophe revint s'inscrire, intacte, sur ma rétine: «La joie est le passage de l'homme d'une moindre à une plus grande perfection.» Pardi…! J'informai immédiatement Bertrande, qui ne me croyait pas, connaissant mes goûts pour le philosophe hollandais et pour les coïncidences plus ou moins frauduleuses. Triomphante, je lui tendis l'appareil et il s'inclina. Cerise sur le gâteau : le fameux patelin abritait cette entité merveilleuse que j'avais déjà hâte de découvrir : *Le Camping de la Joie*.

Deuxième partie

«On mesure une tour à son ombre.»

Proverbe chinois

1

Comme toujours lorsque je commençais un reportage, je me sentais en vacances, libre, une vraie gamine courant parmi les champs. L'aventure me soufflait son bouquet de promesses : *du possible, sinon j'étouffe !* Ma tête s'organisait toute seule. Depuis le temps, elle avait l'habitude de ces prompts départs et je la regardais faire ses listes : sac à dos bleu, culottes, tee-shirts, jean noir et chandails, une robe ou deux puisque le printemps revient, prendre les plantes, ne pas oublier les croquettes. Je passai vérifier que le char était toujours là, pneus bien gonflés, puis je montai préparer le barda, musique à fond. Et le chat ? Le Chat savait.

Une heure plus tard, les sacs étaient chargés dans le coffre, les fleurs solidement arrimées sur la plage arrière du break et le Chat grimpa sur mon épaule. La Volvo crissa un peu mais à la une, à la deux, nous nous élançâmes vaillamment, les plantes, la bête, le soleil et moi. Il faisait bon, une température idéale pour s'envoler. Par les fenêtres ouvertes, le bruit des terrasses se mêlait mollement à celui des bus. Des gars invectivaient des gars, d'élégantes silhouettes traversaient les rayons dorés, quelques enfants pointaient du doigt le Chat qui avait regagné sa place centrale sur le tableau de bord. Avec lui à sa proue, le vieux break se muait en Jaguar et nous pouvions partir *là-bas où c'est tellement loin que jamais on n'en revient*. Que les phrases affluent à nouveau disait bien la félicité du moment. J'eus une pensée pour Archibald, à qui je devais une bonne part de cette souplesse retrouvée. L'instrument qu'il m'avait donné n'avait pas quitté mon sac. De l'avoir à portée de main me rassurait : sans que je comprenne tout à fait pourquoi, je sentais qu'Archibald me protégeait.

Sur un périphérique relativement désert, nous saluâmes les immeubles qui ne cessaient de pousser, plus vilains les uns que les autres. Nous étions magnanimes comme des seigneurs qui partent en croisade : l'étrange Philharmonie qu'ils venaient de construire nous sembla une merveille et le Palais de justice lui-même, moins meurtrier que d'ordinaire. Je me roulais des clopes en conduisant du genou, la radio en sourdine passait des airs profanes ; bientôt, la ville se clairsema et les arbres furent en vue – verts, massifs, rassurants. Mariées au calme du soir, les pensées se débridaient peu à peu, quittant l'excitation de la ville ; les kilomètres ressemblaient aux kilomètres et je songeais à des moments lointains et agréables. J'avais l'impression que la voiture dormait, bercée par son propre mouvement. Seule à la barre, j'avais à charge une famille nombreuse ou peut-être une Arche et, les yeux fixés sur le déferlement répétitif du bitume, j'oubliai même tout à fait que nous allions vers la mer.

Peu après Rennes, je m'arrêtai dans un hôtel pour passer la nuit. Avant de me coucher, je fis un à un les exercices qu'Archibald m'avait conseillé de faire et appliquai consciencieusement son petit instrument en divers points de mon corps. Le sommeil fut doux, le premier depuis longtemps, peuplé par les paysages qui avaient défilé devant mes yeux. À l'aube, je rejoignis le Chat qui avait préféré dormir dans la voiture. Il leva à peine le museau mais roula sur le dos les quatre pattes en l'air. Ses paupières bougeaient, il poussait les petits grognements caractéristiques : l'animal rêvait. Si je l'enviai, je ne fus pas longtemps jalouse car il œuvrait pour deux, et pour moi aussi emplissait la carlingue de ses rêves.

J'arrivai au village de Penmarc'h en fin de matinée. Le Camping de la Joie méritait son nom : même la pluie, qui s'était mise à tomber dru, ne parvenait pas à rendre triste ce bout de terre qui donnait sur la mer. Piquées çà et là, des tentes formaient des touches de couleur parmi la grisaille. Une petite maison en pierre était à l'entrée. À peine la porte refermée, une dame qui devait être la patronne me tendit une serviette pour que je me sèche. On remplit les papiers et je lui dis que je m'installerais un peu plus tard.

— À votre aise. Si la pluie dure, il y a une salle à l'étage. C'est un peu serré si tout le monde y va, mais quand la tempête insiste, c'est toujours ça.

Il était dix heures du matin. Revigorée par l'assurance d'avoir trouvé une base arrière sympathique, je partis faire un tour de reconnaissance.

La route suivait le rivage. J'allais au pas. Nous nous fîmes dépasser quelques fois mais personne ne klaxonna pour faire remarquer notre lenteur. Le village de Penmarc'h n'étant qu'à quelques encablures, j'aperçus soudain le phare. Mirage du matin? Il semblait plutôt y en avoir deux. Un petit panneau sur le bas-côté détourna mon attention: striée par la pluie, l'inscription indiquait sobrement *Chapel ar Joa*. Au-dessous, sur une planche qui avait l'air plus récente, figurait la traduction: «Chapelle de la Joie». La chapelle laissait échapper une modestie remarquable à pareil emplacement. Surplombant la mer, elle ne provoquait pas les flots mais semblait au contraire se pencher à leur chevet pour leur raconter une histoire. Je tentai d'entrer dans la chapelle mais la porte resta obstinément close et je me rappelai notre époque si méfiante qu'elle ferme ses églises. Tant pis. Galvanisée par ma trouvaille, je ne sentais plus la pluie. Je m'assis sur la première marche et appelai Archibald.

— Archibald, c'est Camille. Vous ne devinerez jamais d'où je vous appelle.

— Non, effectivement. Bonjour, Camille.

— De la pointe sud du Finistère et tout ici est spinoziste: j'ai trouvé un lieu-dit qui s'appelle *La Joie*, il y a la chapelle du même nom, et même le camping. Je voulais vous le dire et aussi vous poser une question: pensez-vous que Spinoza croyait aux coïncidences? J'ai eu tout le loisir de me le demander sur la route.

— C'est une question intéressante, Camille. Il faudrait avoir un peu de temps pour y répondre, et peut-être un whisky...

Il y eut un silence heureux.

— Mais dites-moi plutôt, y a-t-il eu des effets à notre petite séance ? Je veux dire : outre le fait que vous soyez partie à l'autre bout de la terre.

Je souris.

— J'ai chanté dans la voiture. Les graves sont revenus, et même un peu d'aigu. Pas de triomphalisme, mais beaucoup de mieux... Merci, Archibald.

— Et la baguette, pas trop de souci ? Ce n'est pas facile au début.

— J'ai essayé hier soir. Toujours pas de rêve, mais la nuit a été bonne.

— Si vous pouvez, pensez-y de temps à autre, c'est la régularité qui détermine la tenue de la note. Cette fois, j'ai bien peur que ce soit vous le métronome, Camille.

Il fit soudain d'étranges bruits rauques, dont je n'arrivai pas à déterminer s'ils étaient un rire ou autre chose.

— Archibald ?

— Oui, pardonnez-moi, les changements de temps ne me valent jamais rien. Je vais devoir vous laisser, Camille, j'attends un client. Pouvez-vous saluer Spinoza et aussi la Bretagne pour moi ? Voilà bien longtemps que je ne l'ai vue.

Et de sa belle voix rocailleuse, il ajouta ce mot tout simple qui pourtant me parut essentiel :

— Au revoir.

À l'orée du village, le mirage se confirma: la longue silhouette du phare était flanquée d'une seconde tour. À quoi pouvait-elle servir? De grands bâtiments blancs, militaires presque, reliaient les deux édifices. Des barbelés couraient au-dessus de certains murs. Dubitative, j'entrai à *La Rafale*, dont les larges baies vitrées donnaient sur les deux phares. Comme la pluie avait cessé ou plutôt qu'elle n'avait pas recommencé, je demandai un torchon pour m'asseoir dehors. Aussi déserte que le café, la ville se réveillait doucement.

Je consultai mes mails. Bertrande détaillait mes conditions d'arrivée : « Je te préviens, Camille, ils ont l'air à cheval avec la sécurité. En PJ, le protocole qu'ils nous ont fait suivre. Tout manquement entraîne ton exclusion. Le patron a négocié les détails de ta clause de confidentialité. Il t'envoie les alinéas à vérifier avant de signer. En gros : *sois sage*. » Je parcourus la flopée de documents dont l'un, plus intéressant que les autres, donnait un rapide historique du GRINAR. La tentative était récente, huit mois à peine que les scientifiques s'étaient installés dans le phare. Je pris quelques notes sur l'organigramme général et compris que le labo était relié à un programme de recherche international dont le siège se trouvait à New York. Bertrande avait fait l'effort de me scanner une fiche bristol. Elle était rose. Sur les petits carrés, je pus lire : « Solenne Michelet, appeler le matin, *de préf.* 10 h-12 h. En cas d'absence, demander Benoît Fossard, directeur (aucun contact direct). Accueil général : 02 98 58 12 87. »

Je sortis le téléphone. Une petite voix répondit très vite :

— *Groupe de Recherche Interdisciplinaire Nocturne et Aquatique sur les Rêves*, section du phare, j'écoute.

— Camille Dutilleul, journaliste au *Jour*. J'aurais souhaité parler à Mme Michelet.

— Un instant je vous prie.

J'entendis tapoter sur un clavier. Un transfert d'appel plus tard, une voix grave me répondait :

— Solenne Michelet. Oui ?

J'appréciais les scientifiques pour leur incapacité chronique à perdre du temps. Je m'adaptai :

— Camille Dutilleul. Je suis à Penmarc'h. Je crois qu'on vous a prévenue.

— En effet.

Elle avait vraiment une belle voix : de ce genre qu'on entend résonner dans le silence qui la suit.

— Nous vous attendons à quatorze heures.

— Entendu.

J'envoyai au patron et à Bertrande le même texto : « Bien reçu les consignes. RDV pris à 14 h. Vous donne des nouvelles. » Je pensai soudain à mon amie Esther. Archibald me l'avait rendue en parlant de Spinoza car c'était elle qui m'avait offert *L'Éthique*. Son oncle avait une maison vers Concarneau où elle se rendait souvent. Se pourrait-il qu'elle soit ici plutôt qu'à Paris ? L'idée était plaisante et j'avais envie de lui raconter l'histoire du métronome de Spinoza. Je lui envoyai un message : « Es-tu dans le Finistère ? Moi oui. » Puis je sortis le carnet.

Cela faisait trois jours que les pages de droite étaient vides et que s'y répétait le même mot navrant. Je décidai cette fois d'inscrire *Néant* au lieu de *Rien* car même le vide a droit à ses variations. La phrase plairait peut-être à Archibald et je la notai dans la marge au stylo noir. J'avais toujours aimé les Bic, ne les choisissant qu'assortis à la nuit. Bertrande connaissait mes manies et me faisait parfois la mauvaise plaisanterie de glisser des stylos de toutes les couleurs dans mes sacs : « Prends garde aux habitudes, Camille, tu es trop jeune pour ne plus être souple. » Lorsque je les trouvais, je fulminais et les lui renvoyais par la poste, accompagnés de la pire carte postale qui me tombait sous la main.

Il y avait des chiens sur la place, nombreux, des chiens beiges qui se reposaient dans la vigilance partagée de la meute. Esther avait répondu : « Suis là. Magie. À demain ? » Nous nous étions connues jeunes, Esther et moi. Les cascades de rires et de bières, la découverte des amours de passage et leurs morsures, nos jeunesses amochées, maladroites. Nous avions derrière nous des confidences sans trop de bruit, quelques nuits itinérantes à tout nous raconter jusqu'à l'aube. Une confiance inaltérable nous liait, dont le vrai luxe était de savoir qu'une présence continue n'était requise ni d'un côté ni de l'autre – il était non seulement possible mais nécessaire de ne nous voir qu'ici ou là, lorsque le clocher sonne. Je regardai le phare : il ne sonnait pas mais je l'entendis promettre dans le matin et je détournai le regard vers le ciel plutôt que vers les chiens.

Le café étant pourvu d'une bonne connexion WiFi, je passai les quelques heures qui me séparaient des scientifiques en recherches variées, vagabondes mais efficaces. Où j'appris que le phare avait eu des débuts controversés. Les marins, qui jugeaient son faisceau trop haut et éblouissant (Wikipédia parlait même de « pollution lumineuse », formule employée peut-être pour la première fois), avaient soupçonné ses gardiens de favoriser l'hécatombe des oiseaux aveuglés pour faire commerce de leur chair. L'administration avait un temps protégé les gardiens jusqu'à ce que l'un d'eux soit jugé pour contrebande et non acquitté. *Pauvres bêtes !* Mais les oiseaux avaient apparemment cessé de mourir lorsque le phénomène de « couverture lumineuse était devenu homogène sur les côtes françaises ». Fallait-il que l'aveuglement soit généralisé pour qu'on ne s'assomme plus ? Drôle d'idée.

Je quittai le café peu avant quatorze heures. Le phare principal semblait plus touristique que scientifique, mais je ne voyais nulle part un autre accès et je me présentai à l'accueil. Après avoir vérifié mes cartes d'identité et de presse, un jeune homme confirma que mon rendez-vous était dans le second bâtiment, il fallait seulement attendre les autorisations. Elles ne tardèrent pas et il m'invita à le suivre jusqu'à la porte qui longeait son guichet. Il tapa un code et me donna comme consigne de me présenter à la porte suivante, où me réceptionnerait un collègue.

Je passai le sas avec l'impression d'entrer en clandestinité. Un long couloir jaunasse m'accueillit. L'image qui me saisit, à la vue de cette couleur uniforme où l'on sentait la rigueur scientifique à l'œuvre, sortait tout droit de mon album préféré de Tintin, *Objectif Lune.* Allais-je enfin rencontrer Tryphon Tournesol, à la surdité enfin domptée, concentré à bâtir une fusée qui nous emmènerait tous sur la Lune ? Dans le fond, le parallèle n'était pas si mauvais car n'étais-je pas venue jusqu'à ce couloir flou, cette tourelle d'inventeurs, pour retrouver une part de mes nuits et peut-être l'astre qui les éclairait ? Mais au lieu de l'homme au chapeau melon vert, ce fut une femme au visage sévère qui me fit signe depuis l'autre côté de la porte vitrée. Très brune, ses cheveux étaient ramassés en un chignon serré qui ne laissait échapper aucune mèche. Quelques rides au-dessus du nez et à la commissure des lèvres indiquaient l'habitude de l'autorité, et leur absence autour des yeux, qu'elle ne souriait sans doute jamais. Elle devait avoir cinquante ans, peut-être même avait-elle dépassé la soixantaine mais on ne pouvait qu'en douter, tant elle semblait savoir prendre soin d'elle et se maquiller d'une façon qui brouillait les pistes. Tout en elle transpirait la maîtrise, je pouvais le sentir malgré la vitre qui nous séparait encore pour un instant, instant qui s'allongeait étrangement car cette femme qui paraissait par ailleurs si sûre d'elle se débattait avec un énorme trousseau de clefs. Elle finit par trouver la bonne mais au lieu d'ouvrir tout de suite, en me regardant à travers la vitre, elle enfila un imposant masque. La plus grande partie de sa surface, sorte de Plexiglas sophistiqué, laissait voir le visage et ses expressions, mais son pourtour, d'un noir profond qui prenait tout le cou, ne pouvait que faire songer à la guerre, qu'elle soit chimique ou nucléaire. Voilà qui différait sérieusement de ce à quoi je m'étais préparée. Quand enfin elle me rejoignit, sans me serrer la main, restant à bonne distance, la femme parla d'une voix que je reconnus pour l'avoir récemment admirée :

— Camille Dutilleul ? Solenne Michelet. Il faut que je vérifie à nouveau votre identité.

Je lui tendis les cartes.

— Très bien, voici votre badge. Il vous servira à ouvrir certains accès, ne le perdez pas. Je vous laisse passer dans le sas de décontamination.

Il plut sur moi une brume dont je ne sentis pas l'humidité. Solenne Michelet surveillait mes gestes depuis la vitre qui occupait la totalité d'un des murs. Je dus lever les bras, écarter les jambes. J'enfilai ensuite la combinaison vert pomme qu'elle avait laissée sur une chaise et passai un masque semblable au sien.

— Vous pouvez laisser votre manteau, vous le récupérerez à la sortie.

Le silence intégral démultipliait le bruit des talons plats de ma promeneuse. Le centre s'organisait en différentes zones régies par un code couleurs strict. De petites caméras fixées dans les coins suivaient nos déplacements. Le masque était lourd et la combinaison serrait sous les bras. Solenne Michelet était vêtue d'une blouse bleu sombre assortie à ses yeux. Elle les gardait fixés sur moi, indéchiffrables. J'eus soudain un coup de fatigue car je ne m'attendais pas à tant d'acier. Je décidai de lui laisser gagner la première manche et m'appuyai un instant contre la paroi tandis qu'elle restait bien campée sur ses jambes, qu'elle avait par ailleurs fines. Si la guerre s'annonçait, autant qu'elle me croie faible dès le premier assaut. Seules importaient les confidences que je parviendrais à arracher à cette femme et à ses collègues.

Nous nous engouffrâmes dans un étroit ascenseur métallisé. Sur les douze étages que comptait la tour, il s'arrêta presque au milieu, au cinquième. Notre tête-à-tête se rompit brutalement : nous débouchions dans une pièce où trois blouses bleues, assises autour d'une table tout aussi circulaire que la salle, discutaient à bâtons rompus. Je saisis quelques termes compliqués avant que le silence ne s'abatte à nouveau. Tous se levèrent et l'un des hommes vint vers moi :

— Benoît Fossard, bienvenue. Je suis le directeur et voici mon équipe. Je vous en prie, asseyez-vous.

Et il commença sans attendre :

— Vous avez fait la connaissance de Solenne Michelet, notre sous-directrice et mon adjointe, anthropologue. Sebastian Ferrando nous vient du centre madrilène, neurologue ; Patrick Grandberg, notre informaticien. Je suis pour ma part océanologue. Vous rencontrerez le dernier membre plus tard, qui ne quitte pas son poste. Je voudrais commencer cette réunion par la signature des clauses dont nous sommes convenus avec votre rédacteur en chef.

Je retrouvai l'usage de la parole :

— Je suis au courant.

Il me tendit la liasse des papiers à parapher. Je pris mon temps pour vérifier les alinéas. Tout semblait avoir été fait dans les règles : je m'engageais à ne pas me déplacer dans les bâtiments sans y avoir été formellement invitée, à respecter scrupuleusement les consignes et à ne révéler aucune des informations confidentielles auxquelles je pourrais avoir accès – ni par écrit ni par oral, ni pendant mon séjour ni après – sous peine de poursuites, dont la description était d'une longueur intéressante. Mon article serait soumis à relecture avant parution. Je signai.

— Merci, mademoiselle Dutilleul.

— Madame.

Le directeur eut un sourire.

— Madame Dutilleul, pardonnez-moi. Tout cela est assez protocolaire, mais vous ignorez peut-être que vous êtes la première personne à franchir cette enceinte en dehors de l'équipe qui y travaille et nous tenons à conserver les conditions parfaites pour mener à bien nos recherches. C'est pourquoi nous vous demandons non seulement cette collaboration entière à laquelle vous venez de vous engager par écrit mais également une attention et une présence entre nos murs que je qualifierais de délicates. Nous avons lu vos articles et discuté collégialement de votre arrivée. Nous sommes prêts et espérons que vous l'êtes aussi.

Que répondre à pareille introduction ? Je hochai simplement la tête.

— Vous n'ignorez sûrement pas que le GRINAR émane du *Groupement International de Recherche sur les Rêves*, le GIRR, qui compte une dizaine de centres dans le monde. J'en viens à mon second point : la spécificité de ce que nous tentons ici. Savez-vous comment nous procédons ?

Se taire est la base du journalisme.

— Oui et non. Je vous écoute.

— Le GRINAR n'a pas débuté dans ce phare. Voilà près de six ans que nous travaillons sur la corrélation entre rêves et éléments aquatiques. Certaines sections travaillent en milieu lacustre, d'autres sont ripariennes.

Je ponctuai d'un haussement de sourcil.

— Les lacs, les rivières. À nous, a été dévolue la tâche de sonder l'océan. D'autres centres s'y intéressent mais nous sommes les seuls à tenter une expérience de cette ampleur, notamment temporelle. Le principe en est faussement simple : l'équipe doit rester un an entier sur place, sans sortir. Ce que vous ignorez plus sûrement est que nous procédons par étude de cas et d'ailleurs il faudrait plutôt dire : par l'étude d'*un* cas. Notre tentative est née d'une rencontre, celle d'un rêveur qui nous a paru suffisamment singulier pour que nous dirigions nos recherches en fonction de lui. C'est le membre que nous ne vous avons pas encore présenté, et pour cause, car il ne peut quitter les espaces qui lui ont été attribués. Il s'appelle Andrea Marinelli, il a trente-six ans, il est napolitain. C'est le seul qui obtenait invariablement un taux plein à nos questionnaires et ce, malgré les saisons et les heures. Il n'est pas seulement hypermnésique, il est également doté de cette faculté qui nous intéressait au plus haut point : il circule dans les rêves des autres et peut sous certaines conditions partager les siens. Il nous a permis de faire très sérieusement progresser nos connaissances sur ce que nous avons provisoirement appelé *le communisme des rêves*.

Il posa un regard entendu sur l'assemblée.

— Si le terme est encore en question – nous ne sommes pas parvenus à un accord unanime entre nous, certains le trouvent pédant, d'autres historiquement peu valable –, une partie de nos résultats est en revanche bien moins sujette à discussion.

L'homme froid et austère qu'il m'avait semblé être s'échauffait à vue d'œil. Un courant d'air tiède circula dans la pièce et gagna ses collègues, les murs, et moi peut-être. Ne planait pas seulement sur son discours l'ombre d'un scoop mais, plus essentielle, la possibilité d'une trouvaille. Il reprit :

— L'étude du fonctionnement onirique d'Andrea confirme de nombreuses années de recherche. Il paraît avéré que les rêves humains ne peuvent prétendre à l'isolement qu'on leur a jusqu'ici concédé : ils procèdent non seulement d'un élan – ce fut le premier pan de notre travail : déterminer l'importance cinétique de la fabrication des rêves et tenter d'en modéliser les variations – notre intérêt portait essentiellement sur les conditions d'existence d'une *danse des rêves* et la possibilité d'en dégager une structure sinon universelle, tout du moins stable ; ils procèdent d'un élan, disais-je, mais surtout cet élan – et ceci est plus novateur – est commun. En d'autres termes qui vous sembleront peut-être plus synthétiques : nous rêvons ensemble.

Et il ajouta, sans l'ombre d'un sourire :

— La chose est désormais prouvée.

Comme il était sans doute un peu acteur, Benoît Fossard laissa passer un long silence avant de poursuivre. J'eus le temps de remercier Bertrande de m'avoir envoyée au beau milieu de ces hurluberlus à la trempe improbable.

— La raison de votre présence ici n'est pas tant cette singularité de nos recherches ni nos avancées quelles qu'elles soient – nous n'avons pas l'habitude de communiquer si rapidement nos résultats et ils sont d'ordinaire réservés à la presse spécialisée – mais bien le fait qu'elles ont récemment connu un épisode jugé alarmant : depuis bientôt deux mois, Andrea ne rêve plus. L'événement n'aurait rien d'important si ses collègues n'avaient pas connu le même sort, à peu près dans le même temps. La quasi-totalité de nos centres sont dans le rouge : Madrid, New York, Bombay, Rio et Vienne. Les sujets ont purement – et peu simplement – arrêté de produire des rêves et aucune de nos données préalables n'a permis d'en relancer le processus. Seuls Londres et Tokyo résistent, où la plupart des rêveurs ne connaissent pas d'altérations remarquables, peut-être parce qu'ils vivent dans des îles. Cela aurait pu nous sembler seulement étonnant si beaucoup de nos rêveurs ne connaissaient pas une diminution sensible de leur état de santé et si cette dégradation n'était pas en train de se propager bien au-delà de nos centres.

Il leva ses yeux sur moi, calme à nouveau, froid, presque autant que Solenne Michelet dans l'ascenseur. Il me jaugea, bien loin de la moindre esquisse de bienveillance. Nous étions par-delà bien et mal, dans l'air pur de la théorie, mais une théorie qui servait cette fois à aiguiser des couteaux. L'homme qui me faisait face voulait savoir très exactement où je me trouvais sur l'échiquier dont il venait de m'expliquer patiemment, une à une, les pièces. Comprenait-il que si certaines m'échappaient nécessairement, comme il ne peut en être autrement quand on a vécu loin de tout ce en quoi on nous plonge brutalement, d'autres m'étaient intrinsèques, plus peut-être qu'elles le lui seraient jamais ?

Je demandai :

— Est-il possible de voir Andrea ?

Benoît Fossard ne répondit pas et la question se prolongea en points de suspension. Bertrande aurait dit que l'instant était *malaisant*. Il me plut pourtant. Dans la petite salle, l'air circulait au ralenti, ce qui lui donnait de la matière. Planaient nos incertitudes, variables et nombreuses, mais distinctes aussi, comme les papillons épinglés dans des albums. Un moment de vérité de l'être, court et beau, avant que ne reprenne la parole, ses approximations, et que tout soit fichu. Benoît me fixait. Quelque chose en lui restait sympathique, un je-ne-sais-quoi qui allait du côté de l'enfance, dans les yeux fous, cette envie d'impeccable et la prétention qu'on lui voyait, enthousiaste malgré son goût manifeste pour les angles aigus. Je voyais souvent les êtres en termes géométriques et pour lui j'étais sûre : Benoît Fossard était un triangle, un triangle débordé par la possibilité du cercle.

Il finit par dire d'une voix exagérément légère un mot un seul, et ce fut :

— *Oui.*

Son sourire avait ce rictus qui annonce les orages. De cette même voix douce qui confirmait qu'il pouvait être cynique, il ajouta :

— Bien sûr que vous pouvez voir Andrea.

Il se tourna vers Solenne Michelet.

— Solenne ? Vous accompagneriez notre hôte ? *Madame* Dutilleul, je reste à votre disposition si vous aviez des questions. Nous ferons quoi qu'il en soit un point avant votre départ.

Et il se leva, vif comme l'éclair. La meilleure attaque, c'est la fuite.

2

Je suivis la mince silhouette dans les longs dédales sans fenêtre. Les mots de Benoît Fossard formaient comme des nuages, des îles laiteuses déjà lointaines. Une chose pourtant dissipa ma torpeur : il faisait de plus en plus froid. Solenne Michelet fournit quelques explications :

— Le froid est nécessaire pour faire un caisson étanche autour d'Andrea. Une basse température est la meilleure garantie mais ce n'est pas très agréable. Nous aurions dû vous prévenir.

Je répondis qu'il ne fallait pas s'inquiéter puisque j'avais gardé mon gilet et je demandai :

— Vous êtes arrivée au phare dès le début ? Il y a huit mois ?

— Je suis membre du GIRR depuis des années. Nous sommes relativement peu nombreux dans le secteur de l'anthropologie maritime et lorsqu'il a été question de créer le GRINAR il y a deux ans, Benoît a été intéressé par mon profil et m'a proposé de participer aux réunions préparatoires. En poste au détroit de la Sonde en Indonésie, je travaillais à collecter les rêves post-traumatiques des populations touchées par le tsunami. J'étais partante pour changer d'air. Vous comprenez, travailler sur un seul cas n'arrive pas si souvent dans une carrière d'anthropologue.

La fantaisie qui jouait alors sur son visage me rappela la première impression que j'avais eue alors que Bertrande me montrait sa photo. C'était cette photo notamment qui m'avait décidée à venir et que je retrouvais dans la fougue de cette femme qui paraissait plus jeune qu'elle n'était. Le mot de *carrière* ne m'avait pas échappé ni celui de *profil* qui était parmi ceux dont je déplorais l'usage intensif. Son enthousiasme transcendait pourtant ces broutilles et sa beauté aussi, qui n'avait rien de classique ou d'inné, qui était une beauté de tempérament.

— Andrea est un jeune homme imaginatif qui avait pour habitude de vivre dans un désordre certain. Notre volonté n'a pas été d'interroger ce désordre mais de le reproduire à l'identique : nous avons apporté les livres d'Andrea, les draps d'Andrea, les affiches d'Andrea. Le tapis est également le sien, comme la fenêtre, et vous verrez qu'ils sont usés. Premier changement : cette fenêtre donne sur la mer. Le deuxième concerne ses interactions sociales. C'est ici notamment que j'interviens. Nous avons décidé que ces interactions seraient limitées aux seuls éléments aquatiques ainsi qu'à la population restreinte des membres de l'équipe scientifique. Andrea n'a plus utilisé ni ordinateur ni téléphone et s'est soumis au fameux *principe de la bulle* afin que les données produites soient analysables.

Elle levait à peine les yeux, concentrée à ne pas perdre le fil.

— Andrea était collaboratif. La série d'expériences, prometteuse. Son activité onirique redoublait de vigueur, il lisait beaucoup, écrivait un peu. Car Andrea est également poète. Un poète reconnu, il a publié en Italie quelques recueils qui ont été remarqués.

Poète reconnu. Solenne avait bel et bien des égards pour les podiums. Le terme m'amusa et je le notai pour plus tard.

— Nous étions par ailleurs convenus qu'Andrea sorte nager tous les jours. Le phare est équipé d'une sortie directe sur l'océan. Andrea est un excellent nageur, un vrai poisson, il nage des heures durant sans être gêné par la température. Donnée importante qui nous l'a fait choisir plutôt qu'un autre, ces bains maritimes étant essentiels à nos recherches. Le GRINAR est né de la conviction que le corps humain, composé en majorité d'eau, est soumis à cet élément davantage qu'à tout autre. À planète bleue, être bleu. Ce principe, relativement simple une fois énoncé – *un être composé en majorité d'eau vivant sur une planète qui ne l'est pas moins reste nécessairement soumis, plus fortement qu'à toutes les autres, aux lois aquatiques de cette planète* –, est le véritable postulat sur lequel s'est érigé le GRINAR.

Mêmes yeux brillants que Benoît Fossard. Même attrait de ma part. Passion contaminante. Je demandai :

— Et les rêves ?

— Les rêves suivent. Leur mouvement est un écho à celui de l'océan : les vagues se prolongent dans les têtes. Ma tâche était en réalité de vous décrire deux lettres qui sont aussi des mots. *Groupe de Recherche Interdisciplinaire Nocturne et Aquatique sur les Rêves*… Il vous manquait le A comme Aquatique, mais aussi le N comme Nocturne. Nos analyses ne se font que lorsque le jour est tombé. La nuit est un royaume paisible. S'y noient l'agitation, la stérilité des actes, la comptabilité du réel. D'autres logiques sont alors à l'œuvre, loin des vigilances diurnes, dont certaines, de prime abord irrationnelles, n'en sont pas moins les plus logiques des logiques. Le cerveau a bien des façons de s'éveiller. Le sommeil en est une, si contradictoire que cela puisse paraître. Quant au R comme Rêves, vous comprenez bien, comme votre question le laisse entendre, que c'est le point de mire et qu'il n'y a plus dès lors qu'à l'observer.

Elle laissa passer un moment.

— Tout allait fort bien jusqu'à il y a environ deux mois. À un retour de baignade, Andrea a manifesté les premiers signes de faiblesse. Un léger mal de tête, rien d'alarmant. La nuit s'est passée sans changement notable. Le lendemain, le mal de crâne a augmenté. La deuxième nuit, Andrea n'a plus rêvé.

Solenne me regarda.

— Entendons-nous bien. Je ne dis pas qu'Andrea ne s'est pas souvenu de ses rêves mais que toute élaboration avait disparu. Nos relevés n'ont pas décelé la moindre activité. C'est un fait sans précédent : on pouvait jusqu'alors ne pas se souvenir de ses rêves, ne pas en faire était cliniquement impossible.

Une forte odeur de javel passait à travers les narines de plastique du masque. Solenne appuya sur un bouton qui se trouvait sur le côté d'une vitre qui occupait tout un mur, opaque. Un petit son étouffé se fit entendre tandis que, comme à l'opéra, la lumière s'inversait : très doucement, si doucement même qu'on n'en était pas certain, la pénombre nous enveloppa tandis que de l'autre côté de la vitre la scène s'éclairait. Et je le vis : à même le sol, le jeune homme était allongé, nu et blanc. Il avait les bras en croix. Sa peau avait une teinte anormale, une texture également, presque translucide, qui semblait tout à la fois appeler et se soustraire. Cette croix blanche, et nue, au beau milieu du plus parfait désordre, me donna l'envie nerveuse de rire. La glace laissait-elle passer le son ? La croix tourna la tête. D'une façon si délicate que je cessai instantanément mon vacarme et lui retournai son regard. Je crois que Solenne Michelet eut le geste de me soutenir. Je crois, car cela ne comptait pas, elle avait disparu.

Je voulus cacher la peau, le blanc. Le rire revint, profond, discret aussi. Toute la farce m'apparut dans son entier : le phare, ces hommes et ces femmes, les couloirs et le ciel invisible au-dessus de nos têtes ; l'unique chemin pour aller à la mer et la façon que cette femme avait eue de dire *le corps peine à s'habituer*. Je crois que je me suis mise à pleurer mais peut-être que les larmes ne coulaient qu'à l'intérieur, petite cascade inaudible. J'ai collé mes deux mains à la vitre, comme un enfant à la maternité regarde les couveuses, ne les comprend pas, ne peut les approcher, envie ces corps plus petits que le sien. Solenne fut peut-être l'infirmière qui vient arrêter les tentatives d'amour un peu folles, désintéressées, qui naissent dans le hasard des hôpitaux : il m'a semblé qu'elle m'écartait de la vitre, qu'elle disait quelque chose sur l'interdiction qu'il y avait à la toucher, *toucher*, le mot était marquant, et je me suis souvenue de l'endroit où nous étions. Qu'avaient fait ces gens ? J'ai regardé Solenne et très calmement lui ai demandé :

— Et cela fait combien de temps qu'il est dans cet état ?

Elle ne répondit pas ou peut-être avais-je déjà rendu mon visage à la croix et je n'entendais plus. Par les yeux, j'essayais de lui dire que la solitude n'existait pas, pas à ce point, qu'elle était une invention. Mais la femme a fait des gestes, elle a demandé des choses auxquelles j'ai répondu – il y avait la phrase de Bertrande dans ma tête (*sois sage*). Solenne a semblé satisfaite : elle n'a pas jugé étranges mes mots et mon corps, elle n'a pas remarqué leurs absences. Nous sommes revenues dans le couloir, dans le froid, puis de nouveau nous étions assises dans la pièce circulaire entourées par les autres. Benoît Fossard me regardait du même air qu'auparavant et disait :

— ... c'est pourquoi nous avons décidé de prévenir plutôt que de guérir. Nous ne doutons pas que l'événement pourrait bientôt connaître une large audience et nous souhaitons divulguer des informations exactes avant que les approximations ne se transforment en rumeurs et que ces rumeurs empêchent à leur tour toute action. La décision a été prise à New York : chacun de nos centres va recevoir la visite d'un journaliste afin que la même information paraisse au même moment dans différents endroits du monde. De simples communiqués auraient semblé suspects, nous avons préféré jouer la carte de la transparence.

Il n'y a de transparente que la chair de l'homme qui est allongé dans vos sous-sols, avais-je envie de rétorquer. Elle est même translucide. Elle semble douce aussi. J'ai souri. Puis plus. J'ai demandé :

— Va-t-il mourir ?

Benoît Fossard regardait ses collègues.

— Nous ne le pensons pas. C'est pourtant ce qui est cliniquement envisagé, le rêve étant la faille par laquelle l'esprit tient, la respiration sans laquelle il étouffe. Les techniques de torture qui s'appuient sur ce principe le confirment. Andrea, bien qu'un des premiers sujets touchés, résiste pourtant depuis deux mois. Il est jeune, c'est un facteur important. Il a d'autres ressources, que nous nous appliquons à comprendre. Nous regroupons nos données avec différents organismes, une collaboration internationale est en œuvre. Le message à faire passer – qui n'a nulle accointance avec le mensonge, je vous le dis les yeux dans les yeux – est que nous nous employons à trouver une solution et que nous avons bon espoir.

Le duel reprenait, brutal.

— Il va sans dire que si vous vous décidiez, et votre rédaction avec vous, à faire paraître un article contraire à cette idée et à nos clauses, nous ne vous ferions pas seulement un procès, nous vous ferions passer pour folle. Nous avons constitué un dossier assez complet qui va dans ce sens. Vous n'êtes pas sans comprendre que le caractère exceptionnel de ce qui arrive nous y aiderait grandement. Ni que nous ne désirons pas une issue aussi fatigante.

Un instant, j'oubliai le journal, perdis l'assurance qu'on me sache là et eus l'envie impérieuse de revoir le ciel. Car si je leur disais tout de go : *moi non plus, je ne rêve plus*, me laisseraient-ils partir ? J'entendais déjà Benoît Fossard : « Vous êtes un sujet intéressant, mademoiselle Dutilleul. Êtes-vous certaine que vous ne voulez pas rester parmi nous ? Si vous voulez de la lumière douce, vous aurez de la lumière douce. Alors sûre ? Sûre, sûre, on vous garde ? Entendez-moi ça, Solenne, *elle reste !* Quel merveilleux cadeau que la vie, simple et complexe. »

J'ai failli crier par la fenêtre – pas même un hublot, une fente –, hurler à la mort que le Chat vienne et ravage. Mais je n'étais pas Masquerouge, je n'avais pas d'épervier, seulement ce foutu bouton d'ascenseur comme dague, ma politesse comme cheval, et c'est pourquoi au lieu de longs discours, j'ai regardé Benoît Fossard droit dans les yeux, bien franche, et je lui ai parlé de cette voix convaincue que j'avais apprise en regardant Jean Rochefort à la télévision :

— Je comprends, cher ami. Alors à bientôt et soyez certain que je vous tiendrai au courant. Merci... Puis-je repasser peut-être ? Vous appeler pour des questions subsidiaires ? Je vous demande pardon, ma rédaction m'attend, je dois prendre congé. Puis-je aller, et par où ? *Non !* Non, non. Ne vous dérangez pas. Je commence à connaître, je saurai retrouver.

Et j'ai fait ce que je savais faire : fuir. Ma main a trouvé le bouton, l'ascenseur s'est ouvert, je me suis jetée dedans. Prise au milieu du bloc de glace, j'ai entendu la voix de Benoît Fossard qui disait – *assurément, chère Madame, à très bientôt* – mais j'étais déjà loin dans les couloirs, face aux portes qui s'ouvraient quand je tendais mon badge. J'ai eu la sensation d'être suivie ou, plus précise encore, l'impression – rouge – d'une présence qui me précédait et me guidait ; le poète m'est venu en tête qui faisait un clin d'œil en se vidant un peu plus de son sang. J'ai retrouvé le vestiaire, mon manteau, la voix disait encore – *peu importe maintenant de prendre une nouvelle douche, c'est dans l'autre sens qu'elles sont nécessaires, pour que les microbes n'entrent pas*, la vermine. Et alors que j'entrevoyais la porte qui menait au musée, la voix a ajouté, plus basse :

— Savez-vous que le mot *grinar* était dans la langue ancienne des troubadours un verbe qui signifiait *gémir* ? Mais en suédois, le verbe signifie *sourire*. N'est-ce pas amusant ? *Gémir, sourire*… Deux actions si dissemblables enfin réunies dans un phare !

La voix riait, gutturale. Elle s'est estompée avant que je comprenne de quels haut-parleurs elle pouvait provenir. La porte s'est ouverte et je suis ressortie par le même couloir qu'à mon arrivée, mais à rebours, en courant.

Troisième partie

«On ne sait pas ce que peut le corps.»

Spinoza

1

De rage, je jetai le masque au plus proche. Il atterrit dans un parterre qui faisait triste mine. Mais la phrase de Bertrande tournait sous mon crâne : *Sois sage !* et je me baissai pour ramasser ce foutu masque que j'avais oublié de reposer au vestiaire. J'appelai : « Le Chat ! Le Chat ! » puis je roulai une cigarette le temps que l'animal arrive. Il surgit en rase-mottes, lévitant au-dessus des brins d'herbe, magnifique et gai, une ligne pure jetée à la face brouillonne du monde. Alors je dis la phrase que je préférais à bien d'autres :

— Viens, le Chat.

La seule chose à faire était celle dont la perspective m'avait soutenue durant cette après-midi impossible : aller nager. Je n'avais pas manqué ma vocation scientifique, ces gens étaient fous et j'étais devenue folle de les côtoyer, surtout d'avoir été d'une attention aussi entière. Lorsqu'on fait le métier de comprendre, il faut entrer tout à fait dans les choses, qui sont souvent des êtres : les reportages sont des épousailles. Et le dernier baiser était poisseux, il transpirait la mort. Il en avait surtout réveillé une, dont j'avais voulu me déprendre mais qui dans le soir, dans l'ombre du phare et surtout dans le regard vide du poète, m'avait retrouvée et défaite. Je ne fuyais pas que la folie scientifique : le visage qui me faisait face était celui dont j'avais dû fermer les yeux, le visage de V. Je n'avais plus voulu penser à lui, pas depuis qu'il avait disparu, maigre euphémisme pour dire la vérité : V. s'était donné la mort trois ans auparavant, une nuit où j'étais loin, et depuis je ne pouvais pas vraiment prétendre, moi, être complètement vivante. Les yeux du poète ressemblaient aux siens, des yeux si bleus qu'ils confinaient au blanc. Ce sont eux qui avaient ramené V. à la surface, V. dont je ne savais plus dire le nom en entier.

Trop faible pour l'affronter, je chassai le visage et courus vers la mer. J'ôtai mon manteau, mon pantalon, mon gilet et me jetai dans l'eau. Le froid me frappa franchement et de peur aussi mon souffle fut coupé. Je laissai la mer me prendre et me laver des colères accumulées. Je faisais à chacune de petits saluts, les envoyant au diable… *et bon courage jusqu'aux Amériques !* Les images se dissolvaient, je sentais leur violence perdre de leur panache ; bientôt, je n'étais que mouvement, répétition. Quand je fus sûre d'être calmée, je rentrai, aidée par les courants. En gagnant la rive, mes pieds étaient si glacés que je ne sentais plus les galets, je pouvais courir. J'avais un immense sourire pendu au milieu de la tête. À l'abri des ajoncs, j'enfilai fripes et manteau avec des gestes de manchot puis je dansai sur la plage pour me réchauffer, sautant aussi haut que je pouvais. Je me foutais de pas mal de choses, forte à nouveau. Comme toujours lorsque je m'agitais plus que lui, le Chat était agacé et s'est éloigné. Il avait raison et je l'ai suivi. Il nous a menés le long de la digue, là où le vent soufflait fort, sur un étroit chemin qui offrait à peine la place pour une chaussure. Funambules, nous n'avions qu'une corde sous toute vie, un trait, et j'aimais l'audace du Chat qui s'en va presque tout seul. Avait-il eu lui aussi son lot de discordes pour filer si promptement à l'opposé de la ville ? Peut-être. Le Chat restait discret sur ses escapades. Mes cheveux voltigeaient plus sûrement que mes pas et j'étais ivre de ces tambours de tous côtés, de ce vacarme solitaire, d'accord avec la fureur salée qui nettoie de celle des humains. J'ai tourné mes yeux vers l'eau. Mon cœur s'est mis à battre plus fort : une tête, une autre tête dépassait des flots.

Il était là, petit rond qui nageait vers la terre. Ses bras se démenaient mais il n'approchait pas. Jalouse, la mer le gardait pour elle. J'ai reconnu le visage. Je pleurais. Alors j'ai demandé à V. : les yeux délavés ne sont-ils pas que les tiens ? Je n'avais plus posé de question à V., pas depuis qu'il était parti et m'avait quittée aussi – deux choses différentes, parfois réunies en une éblouissante petite lame de rasoir. V. m'entendait et répondait, vague, sans les mots : *Mais oui, ma chérie, celle qui est chérie et qui est mienne même lorsqu'elle est ailleurs et parfois à un autre, mais oui, les yeux délavés ne m'appartiennent pas même si j'y suis et j'y serai. Prends-les délavés ou sombres, j'avais des yeux et il y en aura. D'autres, chérie. Quelques-uns. De l'intelligence, toujours de l'intelligence, et de l'amour, toujours de l'amour, tu te souviens ? Des vieux livres que nous nous prêtions, il n'y a pas de raison pour que cela cesse. Entends sans écouter. Prends ces yeux bleus, les cheveux qui bouclent. Ou ne les prends pas si leur odeur ne va pas, l'inclinaison de leurs mains, la façon qu'ils ont de dire bonjour, mais va. Déserte, et je te berce. J'ai des cargos avec moi, du sable à faire dix mille châteaux de brigands, n'aie crainte, je ne m'ennuie pas. Même si j'ai fui, même si j'ai peur, même si j'ai tort. Même si tu me manques.*

Cela faisait trois ans que je repoussais les images. Loin de m'avoir quittée, elles m'avaient envahie. J'eus soudain tant de mots à dire. Sur la rive, les ajoncs ployaient, gris et dorés. Encore plus fort qu'au matin, les nuages nous sont tombés dessus par seaux entiers. Je me suis mise à courir vers la ville, le Chat sur les talons. Nous nous sommes réfugiés dans la voiture. Le ciel chargé d'eau et de fureur brouillait les vitres du break. Chauffage à fond, j'ai calé ma tête dans le renfoncement du siège, puis j'ai fermé les yeux. Tout est revenu. J'ai revu les collines, les angles de la maison, les couleurs. J'ai eu envie de me souvenir.

Mes parents s'étaient mariés dans une petite église bien loin de la mer, dans le centre de la France, près de la Loire. Impossible de savoir s'ils étaient beaux, heureux, ou les deux à la fois : il n'y a aucune photographie de la cérémonie. Ils ont fait des enfants, trois garçons et une fille. J'étais cette fille, la petite dernière. Nous habitions une maison à l'écart. Elle avait des volets blancs qui donnaient sur les champs. J'ai passé mes jeunes années au village, ensuite j'ai été à l'école puis je suis partie à la ville et je l'ai vu. Vu qui ? Lui, V. C'était l'automne. J'étais dans un petit café du côté de la Sorbonne où j'avais parfois cours, il pleuvait comme aujourd'hui et je buvais un café au comptoir.

À cette époque, j'avais une chambre sous les toits, je me levais tôt pour aller lire le journal dans les PMU où il était à disposition, j'avais le cœur rond, les yeux aussi, et je donnais mon numéro à tous ceux qui le demandaient. C'était le tout début des portables, on avait un peu plus la paix qu'aujourd'hui mais le mien, comme je n'étais pas prudente, n'arrêtait déjà pas de sonner. J'ai eu quelques histoires, d'amour et d'amitié, souvent entre les deux. Il y a eu le premier garçon puis le deuxième. Mais l'amour, c'était aussi les rues, les cafés, les bibliothèques. Cela, je ne l'ai su qu'après ; qu'il était autour et dedans, dans les façons que nous avions de marcher et de sentir, dans nos timidités, notre soif. Qu'apprendre est en soi de l'amour. Évidemment, nous étions parfois très inquiets, certaines nuits étaient noires avec une foule d'angoisses dedans. Nous avions des familles obsédantes, des chemins durs qu'on ne comprenait pas encore, mais nous savions prendre un café avec un inconnu, l'embrasser si cela venait et aller au hasard, ce hasard d'où peut surgir quelqu'un. Il faut dire que les écrans n'avaient pas tout envahi, la présence était autre, c'est peut-être elle que je confonds avec l'amour. Le sentiment d'une meute, je ne l'ai jamais eu autant qu'alors. Une sorte de terreau commun où nous pouvions dompter les monstres. Nos corps n'avaient pas tant de distance, ni nos esprits. Nous avions des visages, des traits qu'on ne pouvait pas googler. En Belgique, savoir et pouvoir sont un : ce qu'on ne *peut* pas faire, on ne le *sait* pas non plus. Et on peut vivre, tranquilles.

J'étais donc dans ce café près de la Sorbonne tandis qu'il pleuvait et un type est entré, trempé comme une chorba. Il faisait sombre, pas seulement à cause du ciel mais parce que c'était l'ambiance voulue par le patron et une des raisons pour lesquelles je préférais son café à bien d'autres : on pouvait y faire des siestes. Les meilleures places étaient souvent prises, les consommations y coûtaient plus cher qu'au comptoir mais je m'asseyais quand même de temps à autre devant le feu. Car il y avait une cheminée. Petite comme en Irlande, mais vaillante, qui tirait bien. Le type s'est précipité vers elle. Les gars assis lui ont fait de la place, ils n'étaient pas salauds et il était clair que le type était subclaquant.

Pas très grand, mince, le garçon était surtout très pâle. Si pâle qu'on avait l'impression que la pluie avait fait déteindre ses couleurs. J'ai regardé ses pieds, mais les flaques étaient normalement translucides. Avec le feu, on voyait bien son visage. Tout de suite, j'ai trouvé qu'il était beau, presque trop, de cette manière qui fait peur, qui éloigne aussi. J'ai détourné le regard et j'ai commandé une bière au patron. *Une bière, c'est un contenu qui donne de la contenance*, avait coutume de déclarer ma grand-mère qui était légèrement alcoolique. Je lui ai adressé un petit salut mental et j'ai essayé d'être de son avis. À la deuxième gorgée, je me suis retournée aux trois quarts de façon à pouvoir regarder sans trop être vue, la vieille ruse du panoptique. Le garçon n'avait pas cessé de dégouliner. Ses yeux étaient moins doux que son visage, ils le réveillaient, perçants, et on y soupçonnait ces deux choses qui vont parfois ensemble : l'intelligence et la douleur.

Le garçon est venu au comptoir pour commander un grog. Il a éternué. Il n'arrivait plus à s'arrêter. Au point que le patron a demandé si ça allait. Il a fait signe que oui, oui, et a éternué de nouveau. Il fallait qu'il se sèche. Ma plus belle histoire, je la dois à une serviette en coton rose et au fait que la pluie m'avait toujours donné envie de nager : ce jour-là, j'étais allée à la piscine et j'avais encore mon sac sur le dos. Je lui ai tendu la serviette. Il l'a prise sans réfléchir, entre deux éternuements. C'était une drôle d'image, ce garçon qui secouait ses cheveux en éclaboussant tout le monde avec une boule rose fluo tassée sur le ventre. Finalement, il s'est calmé. Alors il a levé ses yeux et j'ai su qu'ils étaient bleus, bleus à se noyer. Et c'est ce que j'ai fait pendant les cinq années qui ont suivi.

2

La serveuse déposa un double expresso bien tassé sur la table alors que le clocher sonnait la demie de huit heures. Le village séchait. Un épais nuage rendait flous les maisons, les arbres, les passants. Sur la place, derrière les volets, des têtes disparaissaient aussitôt qu'apparues. Même les chiens se déplaçaient avec circonspection. Ils ressemblaient à des loups, et à plisser les yeux, le village prenait des allures de steppe nordique. Dans les visages qui passaient assez près pour qu'on discerne leurs traits, on lisait surtout l'incompréhension. La tempête n'avait pas fait que remplir les caniveaux, elle avait laissé son empreinte : des pans de falaise avaient disparu, des arbres étaient tombés, une école avait été inondée. *Pas de mort*, avait dit la serveuse, pas de maison détruite dans le village. *Jusqu'à quand*, se demandait ma tête.

J'attendais Esther. *Le Télégramme* qui traînait sur une table ne disait rien de la tempête, surgie trop tard dans la nuit pour être relatée. J'ai sorti le carnet et me suis mise à dessiner les vagues, la pluie, l'idée que je me faisais de la falaise détruite. Entre deux croquis, les visages des scientifiques ont surgi et les questions ont afflué à nouveau : pourquoi deux phares ? que comptent-ils faire au poète ? sort-il encore se baigner ? est-il malade ? le suis-je ? la maladie se diffuse-t-elle ? que veulent-ils que j'écrive et pourquoi ? vais-je obéir ? faut-il leur rendre le masque ?

J'ai composé le numéro du phare. Déjà debout, la standardiste me passa Solenne.

— J'aurais des questions complémentaires. Puis-je passer dans la journée ?

— Nous avions prévu cette éventualité. Un créneau vous a été réservé à treize heures.

— Parfait, à tout à l'heure.

— Madame Dutilleul ?

— Oui.

— N'oubliez pas le masque.

Agacée, j'appelai aussi sec Bertrande. Il répondit sans que j'entende la moindre sonnerie.

— Bertrande, Camille.

— Oui.

— J'ai été sage mais ils sont durs.

— Dis.

— Ils prétendent que c'est une grosse affaire. Tu confirmes ?

— Oui. Le patron ne rit plus. Il a cherché à te joindre, d'ailleurs.

— Fais-le patienter. Je ne peux pas l'avoir dans les pattes.

— Entendu mais il va insister. La concurrence renifle. Camille, fais attention : cela commence à clignoter sur la

Toile. Pour l'instant, seulement sur le Darknet mais j'ai bien peur que tu sois sur un scoop.

— Je retourne au phare à treize heures. Si je ne donne pas de nouvelles, je veux que tu m'appelles à quatorze heures. Pétantes. Insiste si je ne décroche pas. Appelle le standard s'il le faut.

— Voilà une demande tout à fait inhabituelle, ma chère.

— Promets. Ils me foutent le cafard. Ils gardent leur sujet d'étude enfermé dans le phare.

— Alors je promets, Camille. Quatorze heures *pétantes*.

— Merci. Ne dis rien au patron. Moins il en sait…

— Je sais.

Esther avait coupé ses cheveux. Moi aussi. Ils étaient cette fois-ci à peu près de la même longueur, comme nos humeurs peut-être. Nous nous serrâmes un bon moment dans les bras, après quoi Esther commanda un chocolat chaud et accepta la cigarette que je lui proposais. Pour venir, elle avait traversé les zones dévastées par la tempête. Des routes avaient été coupées, elle avait dû faire des détours.

— Ça grouillait de gyrophares dans tous les sens. Ils ont commencé à évacuer.

— La serveuse a dit qu'il n'y avait pas de mort.

— Ils ne savent pas encore, répondit Esther. Il y a des disparus, ils cherchent.

Notre dernière rencontre remontait à plusieurs mois, presque une année. Esther était musicienne. Violoniste, elle jouait aussi de la viole de gambe dans un ensemble de musique ancienne qu'ils venaient de créer à Rennes, et c'est pourquoi elle se trouvait chez son oncle plutôt qu'à Paris. Lorsque j'étais chez elle à Paris, elle jouait parfois des morceaux, dont certains qu'elle avait composés. C'est elle qui m'avait fait découvrir Spinoza en m'offrant *L'Éthique* un matin où il y avait du soleil. Sur la place au milieu des jets d'eau, elle avait sorti le livre de sa poche et avait dit :

— Tiens, je l'ai lu cette nuit.

Je lui racontai ma rencontre avec Archibald et le métronome de Spinoza. Esther rit.

— Tu es sérieuse ? Archibald ? Le Archibald de la rue Bernoulli ? C'est fou : je vois très bien le métronome dont tu parles. Archibald était l'accordeur de mon père. Il m'emmenait avec lui quand il allait le voir. L'atelier me faisait peur, avec les pianos et la pénombre, mais c'est Archibald qui m'a parlé le premier de Spinoza. À cause du métronome justement.

Avec Esther, nous n'en étions pas à notre première coïncidence, mais cette fois, je n'arrivais pas à rire avec elle. Tout se mêlait et j'avais la désagréable sensation d'être prise au piège entre trop de données, d'émotions, de hasards. L'impression fugace que j'avais eue en rencontrant Archibald se confirmait par ce qu'Esther venait de dire. Il me semblait avoir mis les pieds dans un vaste réseau dont je ne comprenais pas les clauses. Esther avait remarqué mon absence et posa sa main sur mon bras. J'avais confiance en elle. Je lui déballai tout : les rêves enfuis, le phare, puis le poète prisonnier. À l'évocation de ce dernier, Esther s'écria de cette voix aiguë qui caractérisait ses instants de stupeur :

— *Aïe…!*

Il n'avait jamais fallu beaucoup de mots entre nous. Je repris un café, elle un thé. Les couleurs revenaient doucement.

— Ce qui se pourrait, c'est qu'il faille faire quelque chose.

Esther sourit.

— On pourrait y penser.

Puis, longtemps après :

— On ne va tout de même pas laisser un poète enfermé.

— Surtout ce poète-là. Il a les yeux délavés, Esther.

— Fichtre. Comme V. ?

Je l'ai regardée bien en face.

— Lui, il faut le sauver. Ça ne peut pas recommencer. J'aurais bien une idée, mais c'est risqué.

— J'en suis.

Le ton tranquille de sa voix, sa détermination sans hâte, me confirma qu'il se passait quelque chose. Alors j'ai ajouté, aussi pour moi :

— Je passe chercher mon Opinel à la voiture et j'y retourne. Tu m'attends ? Je devrais finir à quatorze heures. Après, on pourra aviser : soit aller nager, soit faire ce qu'il faut. Tu es garée loin ?

— Un peu, mais je vais me rapprocher. Je t'attends.

3

Benoît Fossard m'appela d'entrée Madame. Je lui glissai sans attendre ma liste de questions.

— Ce sera tout? Le mieux serait donc que je libère l'équipe et que vous me suiviez dans mon bureau.

Il nous mena au point culminant de la tour, dans cette cabine qui avait autrefois servi à assommer des oiseaux. Ils avaient ôté la lampe mais gardé la lentille, qui continuait sa rotation au centre du bureau de Benoît Fossard, directeur de son état et océanologue *reconnu*. Autour de nous, le monde à trois cent soixante degrés, on voyait presque jusqu'à New York. Benoît y pensait-il d'ailleurs souvent? Qu'un peu de vent seulement pouvait l'amener au siège du GIRR et lui permettre de s'y asseoir, dans une tour encore plus grande que *la sienne*?

Il commença à me répondre.

— Premier point, les deux tours. Elles sont doubles pour une raison aussi simple que rare: elles servent de jumelles. Vous expliquer pourquoi et depuis quand nous amènerait dans les eaux troubles du secret-défense. Deuxième point donc: que comptons-nous faire d'Andrea? Rien, si ce n'est ce que nous faisons déjà : l'observer, l'aider si nous le pouvons. Sort-il toujours se baigner ? Non, il n'en est plus capable. Il peut encore marcher, bien que très lentement et seulement lorsqu'il en a le désir, ce qui n'arrive plus souvent. Est-il malade ? Oui, nous en sommes collégialement convenus. Cette maladie se diffuse-t-elle ? La chose est confirmée, c'est d'ailleurs la raison de votre présence parmi nous. Comment ? Bonne question, à laquelle nous n'avons que des embryons de réponse. Le toucher est cependant un mode de contamination probable.

La mitraillette qu'il était devenue s'enraya un instant.

— Que veut dire être hypermnésique ? Andrea se souvient de tout, absolument. De tout ce qu'il a vécu, nous en sommes certains, mais il se peut qu'il se souvienne également de ce qu'il n'a jamais vu ni su, qu'il porte une mémoire qui dépasse la sienne. Ce n'est évidemment pas sans lien avec vos deux dernières questions : oui, Andrea circule dans les rêves des autres, vous détailler comment est plus complexe. À la question de savoir s'il est le seul, nous répondons que c'est le premier sujet à avoir une telle facilité – pas seulement à se mouvoir dans les rêves d'autrui, également à pouvoir partager une part des siens – mais que ce n'est pas l'unique. Je crois que c'est tout. Avez-vous d'autres questions ?

J'en avais quelques-unes, oui, larges ou précises. Je me décidai pour la plus bête, c'est-à-dire la plus frontale :

— De quoi avez-vous peur ? demandai-je à Benoît Fossard.

Il me fixa, pas si surpris. Dans le fond, nous n'avions fait que survoler les vrais problèmes. Par les grandes baies, il regarda la mer. Puis il finit par se tourner vers le continent, le pointa du doigt et dit :

— De ça.

J'aurais aimé pouvoir rire mais son visage s'allongeait, gris. Que montrait Benoît ? Le continent ? Les humains qui y habitaient ? Les forêts ou les terres ? La Terre entière peut-être. Pour la première fois depuis que j'avais pénétré dans le phare, je soupçonnais que nous allions vers le pire.

— Je ne suis pas certain d'avoir exposé le point fondamental. Notre découverte d'une communauté des rêves a surgi au moment même où elle s'est trouvée menacée : si un rêveur s'arrête, toute la chaîne est en péril. Et un rêveur s'est arrêté, nous y sommes. Il est possible que tout se dérègle. Pour répondre à votre question, évidemment que nous ne pouvons qu'avoir peur mais cela n'est pas notre rôle, ni le mien, ni le vôtre. *Camille*, nous n'en avons plus le temps.

Il arriva alors ce que je n'avais pas prévu : Benoît Fossard, cet homme dont j'étais si méfiante, s'empourpra comme un adolescent.

— Oh, pardonnez-moi. Ce sont des sujets qui m'emportent.

Mon premier regard avait-il été trop acide ? L'air mêlait beaucoup de lignes parmi lesquelles j'aperçus de l'effroi mais aussi de la douceur. Nous faisions une trêve, Benoît Fossard et moi. De si haut, le monde était encore très beau, mer et ciel semblaient immuables. Mais Solenne avait dit que les rêves étaient l'écho des vagues. S'ils désertaient, fallait-il en déduire que c'était parce que les mers étaient irrémédiablement atteintes ? Malades elles aussi ? Le continent de plastique était connu depuis longtemps et on savait désormais que la pollution rendait l'eau des océans de plus en plus acide. Benoît regardait dans le vague, silencieux. Je lui posai soudain la question qui me brûlait les lèvres depuis plusieurs jours :

— Parmi ceux qui ne rêvent plus, certains sont-ils plus malades que d'autres ? Et si c'est le cas, à quoi tiennent les différences ?

Il cilla. Était-ce parce que la question induisait que j'en savais davantage que je ne l'avais prétendu ou parce qu'il ne savait pas répondre ?

— À ce stade, nous ne pouvons que constater la disparité des symptômes sans en comprendre les raisons. Il est temps de vous l'apprendre : certains sont très mal en point. Nous nous inquiétons beaucoup de l'absence de vie cérébrale que nous constatons chez une partie de nos sujets. Elle pourrait répondre au nom de survie. Une survie d'une forme inconnue. Sont-ils morts ? Nous pouvons affirmer avec certitude que non. Mais vivent-ils pour autant ?

Il y eut un silence. Je m'éloignai et fis face au directeur.

— J'aimerais rencontrer à nouveau Andrea. Hier, je n'ai fait que l'apercevoir.

— Entendu, répondit-il, nous allons passer par un chemin que vous ne connaissez pas encore.

Il ouvrit une petite porte qui donnait sur l'extérieur. Une nacelle était accolée à la paroi, où Benoît m'invita à prendre place. Et tandis que nous glissions doucement le long du phare, je me dis que Benoît Fossard était un homme qui ne manquait pas de ressource.

4

Aussi nu que la veille, Andrea était allongé sur le ventre et regardait un livre. Il ne devait pas le lire ou alors d'une façon impossible à saisir car le livre était à l'envers. Nous avait-il remarqués ? Il ne leva pas les yeux. Benoît gardait quant à lui son sérieux. Nous en étions là, triangle improbable dans le sous-sol des océans.

Ce fut un instant paradoxal. Benoît, moins à l'aise qu'au sommet de sa tour, avait les pieds qui se balançaient. Je n'avais jamais aimé les clapiers, j'ouvrais les verrous sitôt qu'on avait le dos tourné. *Nous allons l'observer, l'aider si nous le pouvons*, avait dit Benoît. Et s'ils ne pouvaient pas ? S'ils ne savaient plus ? Ils ne faisaient pas qu'observer : ils surveillaient, disséquaient, sinon pourquoi aurait-il fallu une vitre, pourquoi n'étions-nous pas en train de nous asseoir près d'Andrea, de demander si ça allait et faire des gestes d'amitié, ces trois fois rien qui changent parfois la vie ? Benoît s'était perdu dans l'œil des microscopes. De la probabilité d'un microbe, il avait fait des murs.

Je jetai un œil à ma montre : treize heures quarante-trois. Plus le temps pour réfléchir.

— Je dois voir ses yeux, dis-je à Benoît.

Et j'ajoutai une menace qui n'était pas pour autant un mensonge :

— Sinon, je ne pourrai pas écrire l'article.

Nous étions sur une ligne de crête, très peu de choses pouvaient nous faire aller d'un côté ou de l'autre, tomber peut-être. J'eus l'impression que Benoît hésitait, sans qu'il s'agisse de cette porte qu'il me laisserait ou non passer. Il y avait de fortes chances qu'une part de lui ait compris ; il pouvait encore refuser. Au lieu de quoi, je le vis choisir sa part d'incertitude. Dans cet instant, Benoît Fossard était lui aussi poète : il allait vers ce qui lui échappait, quoi qu'il lui en coûte. Il n'était pas question de volonté mais d'un débat plus intime et solitaire lorsqu'il me dit :

— Venez, Camille, c'est par là.

La porte fit un bruit de scaphandre. Par terre, des vêtements abandonnés, des journaux, des livres mais aussi des piles de vaisselle car nous avions surgi dans une cuisine. Andrea nous avait-il entendus ? Encore penchée sur le livre, sa tête était figée. Il semblait dormir les yeux ouverts. Dans la chambre, le tapis couvrait la plus grande partie du sol, rouge et noir, si élimé qu'on peinait à en distinguer le motif. Était-ce parce que les fenêtres ne pouvaient pas s'ouvrir ? Tout allait au ralenti dans la pièce et le caisson étanche donnait des envies de coma. D'abord conquise, j'étouffai vite : je voulus ouvrir les fenêtres, la porte, ma combinaison. Je compris soudain pourquoi Andrea était nu.

Me penchant vers lui, très doucement, je lui touchai le bras. Malgré l'épaisseur du gant, je sentis sa chaleur mais aussi, étrangement, la palpitation de son sang. De près, Andrea était presque bleu, la peau laissait voir son maillage. Je retirai ma main de peur de lui faire mal. Andrea avait levé la tête et me fixait d'un air aussi attentif qu'absent. Il avait l'indifférence des grands fonds.

— Bonjour, Andrea, je m'appelle Camille. J'aimerais vous parler. Seriez-vous d'accord ?

Les yeux ne cillèrent pas mais tout au fond une lueur s'alluma. Il m'entendait. Ce fut pourtant Benoît qui répondit :

— Andrea ne parle plus.

Parler à la troisième personne d'un homme qui était présent m'avait toujours paru goujat, mais cette fois, le coup de poignard était double : dire qu'il ne répondrait pas revenait à lui ôter sa chance. Ceci plus que tout me décida. Je me penchai vers le poète et murmurai à son oreille :

— Andrea. Je suis là pour vous aider. Voulez-vous vous enfuir ? Partir ? Il faut me dire. Nous n'avons pas beaucoup de temps.

Il ne répondit rien mais la lueur n'avait pas disparu de ses yeux. Je me sentis glisser vers elle. Benoît ni le phare n'existaient plus. Il n'y avait qu'un léger mouvement d'un œil à l'autre, agile comme un poisson, et simple. J'eus l'impression qu'Andrea voulait me montrer son royaume et le mêler au mien, qu'il ralliait les mondes par des passerelles suspendues. Son regard était peuplé : je rencontrai des visages, des paysages, des bêtes. Aux visages anonymes en succédèrent d'autres que je reconnus, Bertrande, Archibald, Esther. Mais lorsque dans ce long couloir surgit le visage de V., je ne voulus plus jouer, je fermai les paupières et remontai à la surface.

Je reconnus le lit défait et sentis la présence de Benoît dans mon dos. Andrea ne semblait pas atteint par ce qui venait de se passer ; immobile, il fixait le plafond. Il n'avait pas parlé, pas dit oui. De ce qu'il venait de me montrer, fallait-il comprendre qu'il était toujours libre ? Que dans cette tour aussi, même entre quatre parois très épaisses, il pouvait s'en aller partout à chaque instant ? Cette fois, la nouveauté ne vint pas de ses yeux mais de sa main qui commença à se lever. Vers moi. Andrea la déplia lentement puis la posa sur ma joue comme pour la recueillir. Il semblait se réveiller d'une longue sieste, dans des gestes imprégnés de bâillements. Nous étions soudain si proches, étrangement gauches aussi ; je retins mon souffle. La maladie de cet homme m'impressionnait et j'avais la sensation qu'il venait de m'offrir son ultime accolade. Mais une brise entra dans mon oreille et j'entendis ces mots :

— *Partire, si.*

Ils étaient dits si bas que je crus les avoir inventés. Mais Benoît alarmé se penchait pour entendre et je sus que l'instant était vrai. Il y en a peu qui le sont dans une vie qu'on dit par ailleurs brève : ceux où la pensée est suspendue et qu'il n'y a plus qu'à faire. Je serrai le couteau dans ma poche et ne fus plus qu'une ligne droite : je décollai sa main de ma joue, la serrai pour l'assurer que j'avais entendu ; j'affrontai les yeux sans fléchir et y puisai l'assurance que mon choix était juste. Puis, doucement, avec la lenteur qu'Andrea venait de m'apprendre, je me mis debout. Il suivit calmement, comme un arbre qu'on aurait convié à la promenade. Je fis face à Benoît. L'effroi dans ses yeux, l'incompréhension où il était rendu furent évalués. Ils étaient massifs et j'en profitai : j'ouvris ma combinaison, libérai le couteau et le pointai vers Benoît.

— Il va falloir nous laisser partir.

Je ne peux pas dire que Benoît me regarda. Il était ailleurs. Pas seulement vaincu mais automate, il s'exécuta : il ouvrit la porte et, de couloir en couloir, nous mena vers la sortie. Andrea peinait à suivre mais, mon bras sous le sien, il avançait. Lente fut notre échappée. Elle n'aurait sans doute pas été possible si Benoît n'avait été si médusé. Ou complice peut-être ? Une porte après l'autre, j'eus tout le temps de me le demander. Bien sûr, les caméras suivaient notre progression et il était probable que Benoît, scientifique avant tout, ait évalué qu'elles constituaient la meilleure chance d'échec à notre envolée. Mais nous avions notre chance, *une* chance que nous confirmions pas après pas et Andrea ne faiblissait pas. Avant de partir, je l'avais aidé à enfiler un jean et un tee-shirt. La silhouette que ça lui faisait, mince et actuelle, l'avait sorti de son atemporalité. S'échappait moins une statue qu'un homme pâle. La sortie fut enfin en vue et Benoît se retourna. Dans son regard sombre, je lus beaucoup de choses, dont certaines irréconciliables. Mais ce que nous avions de plus commun, de plus complice, c'est qu'il dut lire dans le mien les mêmes opérations infinies : nous faisions face à une partie de l'être qui échappe au calcul et nous étions aussi dépassés l'un que l'autre.

Dehors, Esther et le Chat nous attendaient, adossés au phare. Nous sautâmes dans la voiture et mîmes les pleins gaz.

5

Nous suivions la voiture d'Esther sur les petits chemins, une 309 beige qui devait appartenir à son oncle. Elle savait par où passer pour nous éviter les routes coupées par la tempête. Nous filions vite mais prudemment, sans écart. Andrea était assis près de moi, le Chat sur les genoux. Ils faisaient pudiquement connaissance : le Chat avait eu la courtoisie de ne pas le renifler, Andrea n'avait pas fait l'erreur de le caresser. Il n'en avait de toute façon pas la force : les bras ballants, il se reposait de ce qui avait été pour lui une éprouvante cavalcade.

Je cherchai mon portable et, le munissant d'oreillettes, appelai Bertrande. Quatorze heures étaient passées depuis longtemps déjà. Douze appels en absence.

— Bon sang, Camille, mais qu'est-ce que tu fous ?

Je décidai d'une réponse honnête, limite grave :

— Ce que je dois, Bertrande.

Silence.

— J'ai été sage et puis je n'ai plus pu. Tu les as eus ?

— Solenne Michelet m'a passé Benoît Fossard. Bon sang, Camille, tu as vraiment pris le poète ?

Réponse simple :

— Oui. Il me l'a demandé. On se tire, Bertrande.

J'attendis le verdict. De sa prochaine phrase dépendaient bien des choses. J'eus un léger vertige. La route s'allongeait devant nous, sinueuse et infinie. *Bon sang*, comme disait Bertrande, nous étions en cavale.

Mais sa voix s'était adoucie lorsqu'il demanda :

— Vous avez un endroit où aller ?

Je sus alors que je pourrais compter sur lui.

— Pour ce soir, oui. Pour ensuite, je crois. Je vais jeter le portable. Je t'appellerai d'un téléphone à carte. Mais dis-moi plutôt : le patron est au courant ? Et Benoît ? Il était très fâché ?

— Oui, très, c'est à peu près ça. Il a demandé le patron. À vrai dire, je l'entends fulminer d'ici. Camille, j'espère que ça vaut la peine.

— Je ne suis pas sûre, Bertrande, mais je crois. De toute façon, il n'y avait rien d'autre à faire. Ce n'est pas seulement un scoop, c'est pire.

Je raccrochai.

Esther nous avait amenés sur une départementale déserte. Elle était bordée de marécages. Sans consulter les messages qui s'y étaient accumulés, je jetai le téléphone par la fenêtre. Je n'entendis pas le bruit qu'il fit en tombant mais je perçus clairement celui d'une petite déflagration en moi, discrète mais fiable. Ce geste que je venais de faire, simple finalement, seulement dix centimètres dans la bonne direction, était de ceux auxquels j'avais longtemps rêvé.

Nous mîmes une petite heure à gagner la maison de l'oncle d'Esther. Adossée à l'église, elle était auréolée de la beauté sobre des presbytères. Esther ouvrit le portail et nous rentrâmes bien vite les deux voitures. Campé sur le pas de la porte, l'oncle regardait la manœuvre les deux poings sur les hanches. Il portait un beau costume gris taillé dans un coton franc. Il ne souriait pas plus qu'il n'avait l'air étonné : Esther, sans doute, avait eu le temps de le prévenir. Ils s'embrassèrent. Je connaissais l'oncle pour l'avoir côtoyé lors d'une semaine de vacances où il nous avait accueillis, moi et quelques autres camarades d'Esther. Il me fit signe de venir plus près et m'embrassa à mon tour. La chaleur de l'accolade me fit songer qu'il y avait bien longtemps que je n'avais plus vu les miens, mes parents, mes frères. Il était devenu difficile de refaire la route vers le village. Dans ce baiser qu'il me donna, j'eus le temps d'avoir un bref regret, et le désir, peut-être, de rentrer au bercail.

L'oncle nous fit monter dans une des petites chambres qui étaient sous le toit pour y déposer nos bagages. Sur la table basse qui séparait les deux lits, il y avait un bouquet.

— Il faut vous méfier, lui dis-je. À nous accueillir aussi bien, vous allez nous avoir un moment sur les bras.

Il sourit :

— Et pourquoi pas.

Durant le repas, l'oncle ne posa pas de questions et sa conversation, souvent drôle, rebondissait de souvenirs divers en récits de voyages. Il savait raconter. Il parla surtout d'Europe de l'Est, de Budapest notamment, dont il venait de rentrer. Sa bibliothèque, où nous nous installâmes ensuite pour siroter une tisane, regorgeait de récits de voyageurs – Frison-Roche occupait tout un rayon – et d'ouvrages dont la variété et le rangement chaotique donnaient un peu le tournis. Andrea avait très peu mangé et pas du tout parlé. Il était resté immobile avec un vague sourire sur les lèvres puis était monté se coucher. L'oncle finit par nous laisser à son tour en désignant la commode où étaient rangés les alcools :

— Si vous voulez prolonger...

Esther servit deux calvas et nous sortîmes fumer sur la terrasse. Un ton plus bas, je repris :

— Ils ont pu suivre mon portable avant que je le jette. Ils vont peut-être repérer le tien. Il faut qu'on se sépare. Il faut aussi prévenir ton oncle qu'il y a des chances pour qu'il ait de la visite.

— Il le sait et il s'en fiche. Il a un peu côtoyé la prison, il saura les recevoir. Je crois même que ça l'amuse.

— Alors ça va.

— Tu crois qu'Andrea tiendra le coup ? Il est pâle.

Nous échangeâmes un regard qui résumait bien des choses.

— C'est difficile à dire. Il lui faut un coin tranquille. Je n'en vois qu'un seul. J'imagine que tu vois aussi.

Je mis un doigt sur mes lèvres pour qu'on se taise. On n'est jamais trop prudent.

— J'y pensais, dit Esther.

— On va repartir demain matin, dès qu'on parviendra à se lever.

— Bien. Je rentre à Paris. Tu sais comment me joindre. Je vais passer voir Archibald.

— Merci, Esther. Sans toi, on en serait encore au phare, coincés entre deux équations.

Elle mit sa main sur mon bras et son sourire s'agrandit, un brin ironique :

— Mais c'est toujours un plaisir, Camille.

Elle alla chercher sa viole et se mit à jouer. La lumière de l'église passait à travers les aulnes. J'avais les yeux à moitié fermés et pour la première fois depuis que je ne rêvais plus, je pouvais penser à ce qui nous arrivait. Je voyais au-dessus de nous les rêves qui partaient dans le noir, s'évaporant en même temps que l'eau des glaciers. Il me semblait, sinon avoir attendu, tout du moins pressenti une part de ce que je venais d'apprendre au phare. Mais ce soir Esther jouait et rien peut-être ne serait perdu tant qu'il y aurait des oasis, des mains qui se posent sur les bras, des silences partagés.

Je rentrai me coucher avant que la musique ne s'arrête, afin qu'elle se prolonge jusque dans le sommeil. Le toit en pente rétrécissait la chambre et lui donnait le confort des alcôves. Était-il si raisonnable, si nécessaire, de partir à l'aube ? J'aurais voulu rester, la fatigue me glissait que nous pouvions nous le permettre. *Nous.* Je tournai le regard vers l'autre lit, celui où Andrea était allongé. Il s'était glissé en boule sous les draps. Je fixai les couvertures jusqu'à ce que j'y distingue une lente mélopée : Andrea respirait.

Quatrième partie

« [...] chercher et savoir reconnaître qui et quoi, au milieu de l'enfer, n'est pas l'enfer, et le faire durer, et lui faire de la place. »

Italo Calvino

1

La cafetière italienne fumait sur la table de la cuisine. Par la fenêtre, le jour paraissait déjà, inquiétant. Il est moins facile de se cacher sous le soleil : il ne fallait pas tarder à gagner les prochains arbres, ceux qui permettraient qu'Andrea se repose durablement. Nous allions mettre le cap sur la Loire, non pas vers mon village d'enfance où on pourrait avoir l'idée de nous chercher mais pas très loin, chez celle qui, lorsque le silence se faisait trop pesant à la maison, m'accueillait : Marie. J'avais hésité à l'avertir de notre arrivée mais la cavale est comme la vie : moins on téléphone, mieux on se porte, et sa maison, qu'on appelait la cabane car elle était entièrement en bois, faisait partie de ces lieux où on pouvait arriver sans prévenir, même dans la nuit et même si elle était vide, car les clefs étaient cachées dans le cagibi et les lits toujours faits. Les arbres nous y dissimuleraient encore mieux que chez l'oncle car la maison était perdue dans la forêt, protégée par des étangs où les promeneurs s'aventuraient rarement. Aussi : peu de gens savaient mon lien à la cabane, seuls quelques amis étaient dans la confidence, comme Esther. Au journal, je n'en avais pipé mot à personne, pas même à Bertrande. Je me félicitai postérieurement de cette discrétion qui permettait notre fuite. La chose avait sa magie : m'étais-je secrètement préparée à ce qu'un jour comme celui-ci arrive ? *La vie est précise*, me dis-je en regardant par la fenêtre, heureuse de n'avoir pas été plus bavarde.

Esther me tendit un sac en toile dans lequel elle avait mis des sandwichs et de l'eau. Je la serrai contre moi. L'oncle interrompit nos adieux par des remarques pragmatiques :

— Change de voiture ou de plaque dès que tu peux. Et de coiffure aussi. Lunettes de soleil sobres. Vêtements passe-partout. Ne traînez nulle part. Mangez bien. Pas de triomphalisme mais pas d'idées noires non plus. Ne mésestime jamais l'incompétence des poursuivants, jamais leur chance non plus. Fuir est un équilibre instable entre les deux. De toute façon, tu aurais tort de trop t'en faire : vous avez de fortes chances de passer entre les gouttes. Et revenez dès que c'est possible pour raconter, je suis intéressé.

Il ponctua d'un clin d'œil avant de conclure :

— Allez, barrez-vous, les enfants, vous me rendez nostalgique.

J'aidai Andrea à s'installer dans le break puis, les plantes dans les bras, je revins vers Esther et son oncle.

— Je vous les laisse en pension, dis-je à l'oncle en lui rendant son clin d'œil.

Sans feuillage, la voiture semblait vide. Je n'avais gardé qu'une plante : la petite misère, dont la multitude de jeunes pousses disait toute la santé du monde. D'elle, il ne faudrait pas se défaire.

Aidée par les paroles de l'oncle, je ne cillai pas lorsque les voitures de police nous croisaient et je fis souvent des pauses pour m'assurer qu'Andrea allait bien. Après une ville dont le nom était plus amusant que les autres – *Bain-de-Bretagne* – je m'arrêtai pour qu'on mange les sandwichs. Andrea ne toucha qu'à la salade qu'il dévora avec une mine gourmande et je notai l'information pour les repas à venir. Cette promiscuité où nous étions subitement plongés était intrigante. Andrea ne manifestait aucune envie de parler mais aucune gêne non plus. Il abandonnait parfois la route du regard pour se tourner vers le ciel de toit du break, qu'il contemplait des heures durant. Souvent il dormait, ce qui avait le don de me rassurer. Pour moi qui aimais me perdre dans les paysages sans toujours les commenter, il était un copilote exemplaire.

J'étais heureuse de laisser la mer derrière nous, son fracas, pour regagner l'intérieur des terres. La Loire approchait déjà et j'eus pour elle un élan de gratitude. J'allais souvent rendre visite à Marie, dont la maison n'était pas tant éloignée de celle où j'avais grandi, à peine quinze kilomètres. Était-ce notre fuite ? L'accolade qu'avait donnée l'oncle d'Esther ? À retrouver le murmure que fait le vent autour de la Loire, je compris que nous ne faisions pas qu'aller vers la cabane : je rentrais au pays. J'eus envie de revoir le village, les parents. Je regarderais la façade de la maison puis entrerais en disant : c'est moi, je suis là. Nous boirions un thé dans le salon qui donnait sur le jardin. Cela faisait un bon moment que je n'avais plus sonné à la maison familiale.

Il faudrait revenir plus tranquillement mais pour l'heure, il n'était pas temps de tergiverser, il fallait avancer. Dans la fin de jour, nous passâmes Angers. Puis Tours. Et enfin Blois fut en vue, déjà prise par la nuit.

La vieille cité bordée par la Loire semblait assoupie. J'avais volontairement pris la petite route qui piquait vers le centre, celle qui longeait l'eau et par laquelle on apercevait en premier les toits anciens et leurs ruelles tordues. L'aspect de poussière dont elles m'avaient toujours paru recouvertes me saisit violemment le cœur. Je me moquais bien désormais de la police ou qu'on nous poursuive. Nous étions une très petite voiture dans le monde qui suivait un fil ténu, et ce que je voyais était aussi de l'air, de la couleur, j'entendais des sons qu'on ne faisait qu'ici.

Sur le pont, les éphémères se débattaient dans la lumière blanche des lampadaires. Beaucoup mourraient, prises par les toiles infiniment savantes des araignées. *Les éphémères du pont de Blois*. Étrangement, j'avais plus souvent pensé à elles qu'à la Loire et le halo fourmillant me rendait mes soirs de fugue. En revenant à Blois la nuit, c'est l'errante qui m'accueillait et je revis les heures passées à traîner dans ces rues, à imaginer autre chose, toutes ces heures à rêver. J'avais envie de siffler sous les fenêtres, de réveiller les amis dont je savais qu'ils étaient loin depuis longtemps. Je le fis d'ailleurs et ils ne dormaient pas. Ils marchaient côte à côte et je regardais le petit groupe que ça faisait dans la rue Denis-Papin. Il était merveilleux d'avoir quinze ans à nouveau et des bals en perspective, des absences d'expérience, des futurs sans grande ligne. Je garai le break et demandai à Andrea :

— C'est ma ville. On s'arrête ?

Il ne répondit pas et je sautai de la voiture. Assise sur la rambarde qui longeait la grand-place, je roulai une cigarette en écoutant la ville. Andrea et le Chat finirent par me rejoindre et nous grimpâmes cahin-caha dans les petites rues. Je nous fis passer par les quartiers où nous risquions le moins de croiser des connaissances. J'avais recouvert mes cheveux d'un foulard et les yeux d'Andrea de lunettes de soleil. Nous étions une bande un peu étrange par sa composition et sa lenteur mais les passants, habitués aux extravagances des touristes, se préoccupaient peu de nous et je n'en reconnus fort heureusement aucun. Caché derrière la mairie, un café proposait une terrasse vide. Je tirai trois chaises et commandai deux verres de cheverny et un bol d'eau. Andrea ne souriait pas mais il s'anima soudain pour prononcer la deuxième phrase que je lui entendais dire, et la première en français :

— *Ta ville !*

Et il descendit son verre d'un trait.

2

La cabane était éclairée. À travers les rideaux de dentelle qui recouvraient la plupart des fenêtres, j'aperçus la petite lampe bordée de perles mauves qui était sur le buffet. Nous arrivions à l'heure du dîner et le poêle était allumé. Je fis le petit signe distinctif que Marie m'avait enseigné : griffer le bois avec les ongles, un rythme court, un long puis un précipité. Bruits de pas. Rideau qui se soulève. Visage.

Ma dernière visite remontait à l'été passé. J'avais beaucoup travaillé la dernière année au point qu'une fois de retour à Paris je ne parvenais plus à en bouger. Marie m'avait manqué, et les dentelles, les arbres, cette nuit plus calme que partout ailleurs. Au soir, l'humidité commençait de monter du côté des marais ; on pouvait sentir, si proches, les premières brumes en train de s'élancer au-dessus des étangs. Mais c'est de voir surgir le long visage dans le soir qui me rappela que j'avais été enfant et qu'au bercail, comme après l'école, je venais de rentrer. Marie ouvrit grand la porte et s'écria de sa voix sans pareille :

— Camille. J'avais complètement oublié que vous veniez. Quelle idée de rester plantés là, entrez.

Alors que mes yeux retrouvaient le piano, le bois, les angles, elle s'éloignait déjà.

— Si vous voulez prendre une douche, il y a des serviettes dans la salle du bas. De la bière au frais. Je finis et je vous retrouve.

Et elle disparut au grenier où elle avait son atelier.

Andrea était resté sur le seuil. Posant ma main sur son bras, je l'incitai à entrer.

— Non, dit-il en se figeant.

Doigt après doigt, il détacha ma main de son bras.

— On ne doit pas toucher la femme.

— Marie?

— Marie.

Il était à nouveau très pâle. J'approchai une chaise où il s'endormit aussitôt. Son refus était aussi brusque qu'inquiétant: il ramenait aux scientifiques et je me souvins non seulement des innombrables dispositifs dont Andrea avait été entouré mais aussi de certaines des paroles entendues. *Toucher*, avait dit Andrea. Le même mot qu'avaient prononcé Benoît et Solenne.

Lorsque Andrea s'éveilla, je demandai:

— Pourquoi Marie? Pourquoi pas l'oncle ou Esther? Pourquoi pas moi?

Andrea ferma les yeux et je crus l'avoir perdu à nouveau. Mais il se concentrait seulement. Alors que je me penchais vers lui, il murmura:

— Années.

Andrea savait-il bien le français ? Les scientifiques n'avaient rien précisé à ce sujet et je restai d'abord interdite devant le rébus. Mais une hypothèse m'apparut :

— Tu veux dire qu'elle est plus *âgée* ? Que c'est important ?

Le même souffle :

— Oui.

Et après un long moment :

— Mémoire.

Comme deux idiots, nous contemplions l'impossible équation : nous ne devions pas toucher Marie et nous étions chez Marie.

— Et le Chat ? Elle peut le toucher ?

Andrea acquiesça. Toujours ça de pris. Par ailleurs, le peu d'attrait qu'avait toujours eu Marie pour les embrassades nous avait peut-être préservés d'une catastrophe immédiate. Ou peut-être Andrea savait-il aussi cela : déceler qui aime prendre ou non dans ses bras ? Depuis la terrasse, nous parvenaient des bruits du grenier. Marie peignait rarement en silence. Les bruits finirent par se tarir, les pas s'approchèrent.

— Camille ?

— Là, Marie, dehors.

Alors qu'elle glissait la tête par l'entrebâillement de la porte, je l'invitai à s'asseoir sur le fauteuil de rotin où j'avais entassé des couvertures.

— Viens, il faut qu'on t'explique.

Marie ne détestait rien tant que le froid et l'humidité

mais elle fit ce que je lui demandais. Emmitouflée dans les plaids, elle planta en moi son regard d'aigle :

— Oui ?

À voir ses yeux dans le noir, si proches et lointains, décidés et absents, je compris que j'avais eu plus d'une raison d'avoir préféré la cabane à tout autre refuge. Je l'avais choisie pour sa discrétion et son accueil sans bémol, c'était la part visible de l'iceberg. Mais la cabane m'avait appelée bien avant le phare, bien avant d'avoir à nous cacher, lorsque ma tête avait commencé à fuir. Dans cette maison où l'on vivait au rythme des averses, sans trop d'égard pour les agendas et où Internet et la télévision avaient toujours peiné à se faire une place, on pouvait cesser d'être toujours ailleurs plutôt que dans l'instant. Et j'étais venue pour consulter Marie, car Marie savait les récits et Marie savait les rêves. Si nos nuits commençaient à être cachottières, il fallait entendre ce que Marie aurait à en dire. Marie était une grande rêveuse, ses récits étaient légendaires. J'aimais surtout l'été quand, levées l'une et l'autre à des heures que la plupart des bipèdes désapprouvent, nous nous retrouvions pour un café sous le mûrier et qu'elle me racontait ses promenades nocturnes. Je la soupçonnais d'en inventer des parties ou de les arranger comme aurait pu le faire Romain Gary, par courtoisie, afin que nul ne s'ennuie et qu'on n'en soit pas réduit à déplorer une vie désenchantée. Parfois, elle s'aventurait dans des conjectures que je jugeais décousues. Aujourd'hui, les choses s'étaient inversées : c'était cette errance qu'il me semblait devoir retrouver.

Sans chronologie, en partant des détails, je me mis à lui conter les jours passés. Marie regardait devant elle. Quand je me tus, ses yeux étaient fermés. Elle les entrouvrit un court instant pour regarder Andrea et conclut ainsi :

— Vous avez bien fait de venir, restez le temps que vous voulez. Quant à l'aspect contagieux de vos personnes, c'est une question intéressante. Vous pourriez peut-être vous installer dans la petite cabane ? Cela éviterait qu'on se croise trop souvent. Un peu d'écart ne m'a jamais déplu, il sera charmant de forcer le trait.

Marie avait raison : sa maison était composée de différents espaces qui permettaient les circulations. La grande cabane où elle vivait ; le cabanon, plutôt réservé aux chats de passage et aux hérissons ; la petite cabane qui faisait face à la grande et était ma tanière de prédilection.

— Puisque c'est réglé, nous pourrions cesser la séance de torture et rentrer au chaud ? Je vais vous faire cuire un œuf.

Son rire retentit, haut perché.

— À moins que vous ne le preniez mal ? Disons alors que ce sera *omelette* salade pour tout le monde.

Au mot de salade, les yeux d'Andrea se mirent à briller et il suivit Marie sans plus faire d'histoires.

Marie appartenait à cette génération qui finissait encore ses phrases. Elle reprit la conversation où nous l'avions laissée plusieurs mois auparavant : au milieu des brins d'herbe, des brumes, des allées. Elle parlait plus volontiers de l'horizon que du proche, de l'inactuel que du récent. Pour les questions, s'il s'avérait que nous en ayons, il serait toujours temps plus tard. Je m'allongeai sur la banquette pour mieux l'écouter. De manière générale, Marie n'aimait pas commenter et c'est peut-être ce qui rendait sa conversation si singulière. Elle laissait venir. Les histoires de la forêt et celles des bêtes plus volontiers que celles des humains dont elle se méfiait comme de la peste. Parfois, elle se perdait dans un trait plus secret que les autres, une allusion qu'elle se faisait à elle-même puis nous rejoignait presque surprise. Je ponctuais très peu car Marie savait se montrer sévère, et gare à qui la déviait mal à propos, parlant pour ne rien dire. Aussi silencieux que d'ordinaire, Andrea n'était pas menacé par ses remontrances. Lorsqu'il m'arrivait de réfléchir à l'amour que je portais à Marie – un amour immédiat, sans limite, inquiet –, cette sévérité, bien qu'elle m'impressionnât, était aussi ce qui le confirmait : Marie savait cogner. Elle disait non. J'avais parfois le sentiment que c'était une des choses qui nous manquait, à nous si peu sculptés. À l'écouter ou à l'entendre même – car la façon qu'elle avait de parler ne demandait pas qu'on la suive à coup sûr –, j'eus comme souvent une grande joie et une profonde tristesse.

À chaque retour se produisait le même phénomène : retrouver Marie, c'était se souvenir de la première fois à la cabane, alors qu'enfant, adolescente si l'on veut, je m'étais glissée au beau milieu d'une soirée qu'elle y faisait avec quelques amis. Elle m'avait laissée entrer, faisant mine de ne pas remarquer que je m'étais immiscée sans invitation. À être soudain au milieu de la valse, entourée de mots qui voltigeaient si vite d'une idée l'autre, j'avais perçu une chose dont, quinze ans plus tard, je n'étais pas complètement remise. J'avais pensé ceci : *Camille, ma fille, c'est le meilleur jour de ta vie, celui qui confirme que tu avais raison d'y croire, que ces gens que tu avais imaginés existent, les conversations hardies n'étaient pas une invention tirée de tes livres. La vie commence, tu es au bon moment au bon endroit, au milieu du trésor que tu croyais.* Mais alors que j'aurais voulu célébrer cette gaieté en m'y livrant tout entière, j'avais eu instinctivement le geste de la retenir. J'avais agi avec elle en usurière. Ce mouvement, profondément contraire à ce que j'étais en train de vivre, n'avait pas fait que me surprendre, il m'avait désespérée. J'avais soudain pensé que nous étions foutus : quand la vie se montrait enfin, on ne savait plus que la notifier. Chaque fois, la même peur renaissait. C'était trop succinct, trop fragile. Il fallait retenir son souffle.

J'en étais là de mes décomptes lorsque Andrea se leva et alla au piano. Un à un, ses doigts se posèrent sur les touches et formèrent une mélodie aveugle et lente. Je me redressai et Marie se tut. Nous regardions le poète. Il joua un air très simple que nous n'avions jamais entendu, une valse presque arrêtée. Marie, dont j'apercevais le profil, se concentrait pour n'en pas perdre une miette. Il n'y avait d'ailleurs plus de miettes : l'air de la cabane semblait s'être rassemblé, tous les morceaux épars réconciliés, et ce fut un peu comme si nous faisions un mariage ou un pacte. Marie finit par me sourire, de ce sourire appréciateur qu'elle faisait en pinçant les lèvres, tête semi-penchée. J'eus l'impression qu'elle me félicitait, ce qui n'allait peut-être pas sans ironie. Il y avait dans son geste une approbation que je ne lui avais jamais connue, une joie presque guillerette qui disait : *cette fois-ci, il se peut que j'aime assez ton invité*. J'eus alors cette confirmation à laquelle je ne m'attendais pas: Marie s'était toujours méfiée de V. Si elle s'était abstenue de faire ces commentaires que les amoureux trouvent blessants, elle venait, moins pudique que je ne l'aurais cru mais aussi franche qu'elle pouvait l'être, de me livrer le fond de sa pensée.

Comme la veille avec Esther, je partis avant que la musique cesse. J'allai m'allonger dans le lit de la petite cabane dont je laissai la porte ouverte. Je m'endormis le nez froid mais le corps protégé par les multiples édredons de plume, ailleurs, par-delà les dentelles, dans une jeunesse, une clarté aussi, que je n'avais plus vues depuis des mois.

3

Dans la nuit, Andrea vint se coucher auprès de moi dans le grand lit. Il avait refermé la porte de la cabane et il me sembla, depuis la montagne de couvertures où je m'étais enfouie, qu'il faisait soudain chaud comme à Bagdad. Je chassai les couettes, les oreillers, ma chemise et le pantalon de flanelle. Je fus nue. Andrea, calme au côté, s'appliquait à être immobile. Je m'aperçus de sa présence mais vaguement, comme à travers un déluge. Nos contrastes pourtant me saisirent, la pensée fugace de nos contrastes, lui si pierre, moi si agitée; je vis la nuit, dont mes prunelles assombries de sommeil distinguaient le moindre revirement et je sus que j'étais là, au plus sûr de mes abris, avec ce garçon dont la présence peu claire n'était pas pour autant menaçante. Je sentis une main sur mon dos, puis une autre main, deux mains isolées mais précises. Je ne ruai plus. Je suivais seulement ces mains qui allaient, fourmis, tortues plutôt, si paisiblement, d'un centimètre à l'autre, sans visée, sans demande, ces mains constatantes. Quand les doigts firent le tour de moi et qu'ils furent sur mes lèvres, je pensai à celles de V., les coquillages roses, et je les saisis avant qu'ils ne s'échappent, avec mes dents je pris ce qui se présentait, ce réveil, ce souvenir. Mon corps se plaqua contre la peau et sa blancheur, contre les dentelles qui s'y perdaient, contre cet air que nous happions, l'un puis l'autre, et ensemble.

Tout le reste de la nuit fut une lenteur. J'oubliai même les mains, la pensée qu'elles existent. Nous rampions vers des âges que j'avais toujours ignorés. Il y avait des bruits, brefs et perçants, et des lumières, des couleurs. Une grotte, un zébu, des formes impossibles ; comme on dirait dans les conversations modernes, *des formes de vie*, nouvelles ou ancestrales, improbables mais découvertes. Hoquetant, nos corps se retournaient et se faisaient face, les yeux bien qu'alourdis s'ouvraient, la merveille paraissait et elle avait des traits, des élans, des détours. Andrea, puisque aussi c'était lui, saisit mes cheveux et m'entraîna à le perdre et l'entourer. J'entendis que nous râlions, que nous faisions à la fois du silence et des cris, et les animaux dont je percevais la présence tout autour de nous, cerfs, belettes, renardes, nous entendaient peut-être. Marie aussi, dont la pensée ne me lâchait pas plus que certains des mots qu'elle avait dits, des fragments inachevés dont moi, moi moderne, moi née dans le monde mort, je ne pouvais me souvenir en entier. Alors la main revenait, qui chassait les cauchemars, les rituels pauvres, ne gardant de l'orage que le bruit de la pluie. Il y eut les bras. Puis les jambes, emmêlées. Et le sexe qui, dans une emprise si tendre que j'oubliai l'assaut, s'entrecoupa de fougères, de dagues, d'allées et de fourrure ; le sexe qui vint à l'autre sexe, alors que le ventre était collé au dos, parallèles, et qu'on ne sut plus qui venait qui partait qui voulait. Je crus être lui. Il fut moi. Sans guerre, sans paix, lents, tout ceci lent, si lent que je revenais et que je vis ce qu'il voyait – les âges, les années, son savoir. Andrea, dont j'avais oublié qu'il était Andrea, me donna sa salive et avec elle, au creux de la forêt qui écoutait, la petite palpitation du monde, un murmure, le chant.

4

La main était posée sur l'épaule, blanche. J'ouvris les yeux. Marie toquait à la porte et disait des mots que je ne comprenais pas. Le bruit n'avait pas réveillé Andrea. Me glissant hors de ses bras, j'attrapai le premier manteau venu et rejoignis Marie dehors. Celle-ci tendait une paire de bottes :

— Enfile ça.

J'avais les jambes nues, à peine un tee-shirt sous le manteau, mais la fourrure de ce dernier, vraie ou fausse, me gardait de la bise pourtant glaciale et je laissai Marie m'entraîner dans les chemins qui longeaient les étangs. Il était encore tôt, les bois étaient déserts. Marie marchait en tête, d'un pas rapide que je lui connaissais peu, je suivais, endormie et heureuse, car j'aimais qu'on me mène et que les journées débutent dans l'air vif. Et j'avais contre moi, cachée sous le manteau, une chaleur neuve, l'odeur d'une peau qui n'était pas la mienne.

À la clairière, Marie s'assit sur le petit banc. Les planches usées jouaient un peu, ce qui permettait qu'on s'y balance comme dans un fauteuil à bascule. Marie me regarda m'installer sur une bûche bien prudemment à distance et rit de mon accoutrement, elle toujours chic. Puis elle n'y pensa plus et sortit un petit thermos en aluminium.

— Café.

Elle avait poussé le vice jusqu'à prendre avec elle le petit plateau en argent qui lui servait à offrir à ses invités leurs cigarettes préférées. Ce matin, il montrait un merveilleux paquet rouge et blanc surmonté d'une petite tête de chat : des *Craven A*, version originale. Était-ce possible ? Il y avait longtemps déjà que les paquets étaient tous semblables et noirs, illustrés de poumons sales ou de photographies de cadavres.

— Bon sang, Marie, comment… ?

Marie souriait sans répondre.

— Donne-m'en une, pour voir.

Tandis que nos ronds de fumée se mêlaient, je me demandai pourquoi Marie m'avait convoquée dans ce lieu où on ne venait jamais par hasard. À la cabane, on avait coutume de l'appeler *la clairière des conciliabules*. Visiblement amusée de ma curiosité, Marie me laissa terminer ma cigarette et boire un peu de café avant de mettre fin au suspense.

— Ces rêves enfuis, les tiens, les autres… Je suis restée éveillée une bonne partie de la nuit. Mais j'ai dormi au matin, et j'ai rêvé.

Son profil se mêlait au dessin des feuilles.

— J'étais à Marseille sur un immense navire, j'avais vingt ans et revenais de Grèce. Il y avait un vieux capitaine dont la cabine regorgeait de livres, à qui je me plaignais d'avoir perdu les miens, et mes affaires, mes cahiers. J'aurais voulu quitter le bateau, fuir sur un petit voilier agile, mais le capitaine me regardait et tout s'arrêtait. Il parlait doucement, avec une langueur qui m'endormait. Il voulait que je me résigne, que j'accepte que ma malle soit perdue. Il disait qu'il me prêterait ses livres, avant que ceux-ci ne coulent à leur tour dans la mer, que tout cela n'avait aucune importance.

Elle me fixa, soudain dure.

— Camille. Il ne faut pas écouter les capitaines. Il faut échapper à ceux qui veulent nous retenir sous de faux prétextes. À tous ceux qui disent que les malles n'ont pas d'importance et que peu importent les souvenirs.

Elle demanda une autre cigarette et attendit que je la lui allume. Puis elle ouvrit son sac et en sortit un grand cahier à la couverture bleu et noir.

— Ouvre-le, je veux que tu regardes.

Des feuilles volantes dépassaient des pages. Il était épais et lourd. Je l'ouvris au hasard. Des dessins au crayon, à l'encre ou à l'aquarelle surgirent sous mes yeux. Entre eux, il y avait des mots, où je reconnus l'écriture de Marie.

— C'est mon cahier de rêves, celui que je tiens depuis plusieurs années. Je te le confie. Si les tiens continuent de s'absenter, tu pourras puiser dedans. Lis-en un de temps à autre, invente la suite, faufile-toi. Camille, sois comme un chat. Tu te promènes sur un étroit chemin mais il n'y a aucune raison pour que tu tombes, je t'ai appris à être souple.

Elle tira une bouffée qui se décupla dans l'humidité ambiante.

— Je te le donne pour une autre raison : mon rêve montrait une bibliothèque. Elle était immense. Si les rêves s'absentent, il est temps de constituer des archives. Il faut que tu te fasses confiance : le rêve disait que tu trouverais cette bibliothèque. Je veux que tu y déposes mon cahier.

Ses yeux se perdaient dans les arbres. Puis ils redescendirent vers les miens, plus graves.

— *Camille, Camille…*

Elle commençait ainsi les conversations qui, contrairement aux autres, avaient un point vers lequel tendre.

— Je m'inquiète que tu ne rêves plus, bien sûr, mais je ne m'étonne pas. Quand tu parlais hier, je pensais qu'il était temps que cela arrive : la franchise. C'est la lenteur d'Andrea qui est intéressante. Peut-être que c'est parti, que ça commence. Elle répond au tic-tac des caisses enregistreuses, au tic-tic-tac, même. L'accélération a été trop forte.

Elle regardait du côté des étangs.

— L'eau sait. L'eau manque ou déborde. Elle s'est mise à virer de couleur. Tes amis ont raison, qui étudient les vagues.

Elle continuait, têtue et droite.

— Dans ces bois qu'on pense déserts habitent des êtres qui me racontent, il y a des murmures. Les animaux, les arbres, des hommes aussi, sortis de l'asile de ces bois. On les dit fous, mais certains savent ce qui importe, ils savent que Dieu gît dans le temps. Ce sont les premiers à avoir senti qu'il avait commencé à manquer.

La dactylo qui prenait des notes sous mon crâne demandait une pause : je levai la main. Mais nous n'étions pas à l'école et Marie voulait finir.

— Vois-tu, Camille, je trouve terriblement dangereux ce qui t'arrive, ce qui nous arrive peut-être, mais je crois nécessaire que le mal sorte, qu'on le voie. Cela le rend moins fort. Prends ce cahier et suis ton fil. Le reste est secondaire.

Le Chat choisit ce moment pour rompre le tête-à-tête. Impeccable dans le matin, son pelage contrastait avec le désordre des bois. Avançant à pas comptés, il prit connaissance de la disposition topologique de la forêt, huma l'air puis décida de s'installer sous un arbre assez modeste, proche de Marie. Cette dernière lui fit son sourire d'accueil le plus courtois, le plus large aussi, et soudain tendre lui tendit ses genoux.

— Viens, le Chat.

Marie et le Chat parlèrent longtemps dans le matin. Marie lui murmurait des choses que je ne comprenais pas. Elle avait toujours eu le don de parler aux animaux, avec une voix un peu aiguë. J'eus soudain envie de rejoindre Andrea. Sans être bien sûre qu'ils remarquent mon absence, je quittai la clairière et courus vers la cabane. Andrea fumait sur les marches en détaillant le mûrier. Je n'eus pas le temps de remarquer que cela constituait une nouveauté, il n'eut pas celui de tourner la tête : je lui tombai dessus, tous bras dehors et nous nous encastrâmes d'une manière qu'un observateur eût certainement jugée comique. Yeux croisés, nous éclatâmes de rire. Je n'avais jamais entendu celui d'Andrea, grave, presque sourd, si beau qu'il redoubla le mien.

La journée se passa à peu près dans cette humeur. Nous fîmes beaucoup la sieste, quelques promenades, et je fouillai les vieux cartons de Marie pour y dénicher des photographies aux couleurs un peu passées. Nous lûmes aussi à voix haute les livres qui nous passaient sous la main : le début du *Père Goriot*, hilarant, des phrases prises au hasard dans *Novecento : pianiste*, un peu de poésie dont des poèmes de René Char prononcés avec l'accent du Sud. Andrea lisait en détachant chaque syllabe et les mots se chargeaient d'un sens nouveau que je ne leur avais jamais entendu. Mais surtout, entre deux pages, entre deux gestes et souvent entre deux siestes, dans les lisières paisibles, Andrea se mit à parler. J'arrivais mieux à soutenir son regard, à ne pas y sombrer comme au premier jour. J'avais compris qu'il suffisait que je louche légèrement ou fasse glisser mes yeux à temps sur son nez ou ses pommettes pour les reposer. Andrea reprenait peu à peu des couleurs. Alors que je versais dans le sommeil ou que j'en sortais à peine, il laissait tomber dans mes oreilles, jamais fort, des mots qui formaient désormais des phrases dans un français admirable dont j'enviais la légère distorsion. J'appris qu'il était né à Catane, en Sicile, et que sa mère l'avait emmené à Naples à l'âge de dix ans où il habitait maintenant un appartement sous les toits dont il partageait le loyer. Il avait toujours écrit, même enfant. Son dernier recueil s'appelait *L'Albero – L'Arbre –*, récit de ses errances napolitaines où il avait cherché les derniers arbres de cette cité dense et polluée qu'il peinait pourtant à quitter. Le phare était arrivé comme une promesse, au bon moment, alors qu'il venait de finir un travail dans un des centres où il donnait des cours. Car il était professeur de natation. Et il nageait chaque matin, même lorsque la mer était trop sale et qu'on interdisait les baignades.

— Je sais faire l'apnée, tu vois, je n'ai pas besoin toujours de respirer.

Il m'embrassait pour me montrer.

Ma tête se refaisait à l'ombre d'Andrea, du mûrier, de la forêt murmurante où je croyais désormais entendre des voix. Le Chat et Marie avaient disparu. Nous regagnâmes la petite cabane pour n'en plus bouger jusqu'au lendemain, ce lendemain qui arriverait bien assez tôt pour qu'on s'en préoccupe. D'un tacite accord, nous n'avions pas évoqué le phare de toute la journée. Nous étions chez Marie et nous suivions sa loi : les questions, ce serait pour plus tard ou pour jamais. Dans la nuit noire, ivre peut-être de tous ces mots qui lui étaient sortis du corps, Andrea voulut m'emporter plus loin encore. Grave, il mit ses mains autour de ma tête et me força à regarder longtemps ses yeux :

— Viens, me dit-il.

Je plongeai. Revinrent les sons assourdis, les couleurs changeantes et les visages que j'y avais déjà aperçus. Andrea tenait fermement ma main et me guidait parmi les coraux de temps et d'espace. Il me montra Naples, les rues vives où tous criaient parmi les mobylettes. Il se moquait : on ne dit pas *mobylette* mais *motorino*, *vespa*, *ciclomotore*. Nous chevauchions l'une d'elles, au bleu franc, et dévalions les pentes parmi les madones, les ameublements sommaires, les passants aux yeux agrandis. *Viens, viens...* Nous quittions la baie, les ruines, le Vésuve, et Andrea nous porta plus loin encore. Je vis sa mère, vieille femme aux rides fières, les yeux durs et attentifs. Elle portait un jean et une chemise jaune d'or qui lui donnaient l'allure d'une jeune fille. Ses sandales disaient l'été, le soleil dominateur, la chaleur revenue et entière. Andrea caressait ses cheveux et ses gestes avaient recouvré toute leur agilité. Je regardais cet inconnu dont la voix courait à nouveau, dans un italien joueur fait de crêtes et de vallées. J'en saisissais la moindre nuance. Il disait :

— *Vers l'est. Vers l'est.* C'est là qu'il faut aller, Camille. Là que tu iras. Il faut remonter le soleil, remonter les rivières. Ne plus aller à l'envers. Jamais.

La chaleur disparut, les montagnes remplacèrent le soleil. Il y eut des bruits d'armes, des visages d'hommes en costume kaki et des femmes qui levaient leurs mains vers le ciel. Andrea pointa du doigt l'horizon :

— Regarde, Camille, il est là. Le Danube.

Je vis le long serpent à travers toute l'Europe, le relieur de mondes si disparates, la majesté du Danube dans une fin de jour. Je connus la lumière de l'Est, plus douce encore que celle de la Loire, mais à laquelle le liait une parenté mystérieuse. Quels sorts avaient pu jeter les fleuves au soleil pour qu'il leur réserve ce decrescendo insolent, cette plénitude dont on ne revenait pas tout à fait ? Andrea conduisait comme un fou et je serrai mes bras le long de son corps. Nous survolions les champs, les forêts, puis bientôt on passa sur une ville que le Danube bordait. C'était Belgrade. Les longs rayons qui se reflétaient dans le fleuve, trop forts, empêchaient qu'on le regarde longtemps. Mais je vis un visage, connu cette fois – connu de moi –, qui se superposait à la ville. Un visage sec, sans trop de poil, buriné par le soleil et l'excès. Il était habité d'une vaillance peu commune liée aux cris, à la fumée, à l'alcool.

Son nom bizarre, peut-être surnom, peut-être flamand, émergea du brouillard : l'homme s'appelait Zorn. Il était courbe, étrangement penché vers le sol. Je me remémorai soudain notre rencontre quelques années auparavant à Bruxelles. C'est Bertrande qui me l'avait présenté : il venait de le rencontrer lors d'une de ses virées nocturnes, alors que nous étions dans la capitale belge pour couvrir un énième congrès européen. Nous avions passé une bonne partie de la nuit à boire tous les trois, errant de bar en bar, à parler mais aussi à nous hurler dessus. Pourquoi avait-il surgi plutôt qu'un autre ? Je ne l'avais jamais revu et le souvenir était pour partie pénible : Zorn tombait souvent, semblant le faire exprès, malgré des béquilles qui ne le quittaient pas. Je me rappelai pourtant la manière dont il parlait, en vociférant des injures mais en prêchant le vrai, et ses mots étaient plus réels que la plupart de ceux que j'avais entendus jusque-là. Pour cette parole, j'étais restée malgré les cris. La façon qu'il avait de se casser la gueule, en se fichant complètement de se rompre les os, avait fini par me plaire.

Éblouie, je revins, je sortis, je fermai les yeux et retrouvai le lit, les dentelles, le bateau de la petite cabane. À mes côtés, Andrea était nu et je clignai des yeux, le confondant avec celui qu'il avait été dans le phare : il avait à nouveau les bras en croix et les gestes alentis.

5

Je me réveillai tôt, presque à l'aube, alors que tous dormaient. Je me glissai sans bruit jusqu'à la Volvo. Certains matins sont ainsi : efficaces. J'avais pourtant un léger mal de crâne, une sorte de brume qui ne m'avait pas quittée depuis qu'Andrea m'avait montré Belgrade et le visage de Zorn. À mon réveil, ma première pensée avait été pour Zorn : ses yeux appelaient avec une insistance que je ne comprenais pas.

Mais avant tout, je devais passer voir Rodolphe au garage, car il fallait changer cette plaque, sinon cette voiture. Malgré l'heure matinale, Rodolphe était fidèle au poste. J'avais bien réfléchi avant de me décider à lui rendre visite. Qu'il m'ait connue jeune et qu'il m'apprécie ne suffisait pas à garantir son silence. Mais Rodolphe n'était pas un bavard et c'était un ami de Marie : il était sûr. Bien qu'il en ait largement l'âge, il refusait de prendre complètement sa retraite, peut-être par cette crainte assez répandue de l'ennui, et continuait de bricoler les vieilles cylindrées pour lui et quelques autres habitués. C'est lui qui m'avait vendu la Volvo. Ce n'est d'ailleurs qu'après avoir fait un examen complet de cette dernière qu'il se tourna vers moi. Rodolphe était ainsi : il disait plus volontiers bonjour aux voitures qu'aux humains.

— Camille. Cela fait un bout.

— Oui. Tu me payes un café ?

Je le suivis vers la petite cahute attenante au garage. On s'y sentait à l'aise. J'aimais les garages, surtout ceux qui étaient aussi anciens. Lorsqu'il m'arrivait d'en croiser sur la route, je rêvassais. Beaucoup étaient abandonnés et j'imaginais m'installer là plutôt que n'importe où ailleurs, dans ces espaces aux architectures arrondies, faites de piliers blancs et de grands pans de tôle. Rodolphe me tendit une tasse.

— La Volvo est en forme, qu'est-ce qui t'amène ?

Je n'y allai pas par cent chemins :

— Je voudrais changer les plaques.

Rodolphe me regarda, perplexe.

— Tiens.

Et après un moment :

— Tu as des ennuis ?

— Pas vraiment.

Il détourna le regard.

— Écoute, Camille, cela m'embête un peu.

— Si tu veux, je te raconte depuis le début. Tu comprendras mieux.

Parler est parfois plus sûr que se taire. À cette heure, Rodolphe ne recevait pas beaucoup de visites et nous eûmes tout le temps qu'il fallait pour entrer dans les détails. Je ne lui cachai presque rien. À la fin, il nous servit deux autres cafés et livra son verdict.

— D'accord. Va pour deux nouvelles plaques.

Puis, d'un coup d'œil joueur :

— Tu as une préférence pour les chiffres et les lettres ?

Le temps d'opérer la Volvo, Rodolphe me prêta une voiture. Cela m'arrangeait car le break était connu dans les parages. C'est donc au volant d'une merveilleuse petite AX comme je les aimais, maniable et vive, que je continuai ma tournée. À dire vrai, ma liste n'était pas longue. Je voulais trouver des fleurs pour Marie, premier point. Passer dans un café borgne d'où il serait possible de téléphoner, deuxième point. Quant au troisième, j'hésitais : rendre ou non visite au village pour passer voir les parents. Je décidai de n'en rien faire – trop risqué – et me mis en quête du café. Par prudence, je fis quelques détours. J'avais ces routes dans le corps, dont je savais le moindre des virages, avec leurs surimpressions d'enfance : en même temps que les champs détrempés, défilèrent la nuit passée, Marie, nos jeux, la gamine que j'avais été. Les rêves avaient déserté ? Qu'à cela ne tienne. Les voyages m'en tiendraient lieu.

À Fleur-de-Sologne, de l'autre côté de la forêt, un PMU où je ne m'étais jamais arrêtée proposait des téléphones à cartes et des recoins. Je commandai un café puis, mon vieux calepin posé sur une table à l'écart, j'appelai Bertrande. Un quart d'heure plus tard, les tasses vides s'empilaient, le cendrier crasseux fourni par le patron – brave homme qui permettait qu'on fume dans son bar – était plein, et j'avais un mal de crâne historique.

Les alarmes avaient de toutes parts viré au rouge si j'en croyais ce que venait de me dire Bertrande avec sa voix des grands soirs, éraillée de fatigue, à bout de nerfs :

— Des malades, Camille, des malades et des fous. Personne ne pige mais ça tombe de partout. J'attendais ton appel. Les symptômes affluent, variés. La plupart des malades ont la peau qui devient translucide mais surtout, la plupart sont lents, très lents, presque à l'arrêt. Les Allemands ont titré sur ça : ils l'appellent le *langsam Virus* et parlent d'une maladie de la lenteur. Les patients âgés sont les premiers touchés et semblent développer des formes plus graves de la maladie. Les journaux pullulent déjà d'experts, ça va être la foire. Jean-Rémi supervise, il s'en donne à cœur joie. Bref, c'est râpé pour le scoop mais si tu as la moindre chose à ajouter avec ton phare, grouille. Le patron n'a plus l'air de penser que ça pourrait t'être lié : avec le bazar, il a même oublié ta fugue. Mais pas Benoît Fossard, tu peux m'en croire, il appelle toutes les demi-heures. Il n'est même plus en colère, il est fou d'inquiétude. Il me charge de te dire que tu es une écervelée, une inconsciente, et il a ajouté : dites-lui aussi criminelle. Alors, Camille, je ne gronde pas, je ne trahirai pas mais je repose la question : es-tu bien sûre de ce que tu fais ?

La réponse était floue.

— Non, Bertrande. Pas vraiment.

Il me fallait du temps.

— Je te rappelle.

Mais avant de raccrocher, je me ravisai.

— Appelle Benoît Fossard et dis-lui qu'Andrea va mieux.

Dis-lui qu'il parle. Je m'y mets, je t'envoie mon article avant midi.

Plus qu'un seul appel, mais non le moindre. Je commandai un whisky et composai le numéro d'Archibald. Sonneries dans le vide. J'insistai mais pas de réponse. Avec ce que Bertrande venait de me dire des patients plus âgés, cette absence de réponse était angoissante. Il toussait, la dernière fois que je l'avais entendu. Mais Archibald était peut-être seulement sorti. Je reposai le téléphone et achetai les journaux. Bertrande avait raison : nous étions devant l'événement, le gros, celui dans lequel on décèle ce cocktail explosif de peur et d'excitation. Cette dernière surtout s'exhibait dans des photographies pleine page qui assumaient leur volonté de sensationnalisme. Même *Le Monde* titrait d'une manière racoleuse et *Le Jour* n'était pas mieux. La une montrait une salle d'hôpital avec une ribambelle de malades aux visages à peine floutés au-dessus desquels on lisait en grosses lettres : *HEXA… GONE ?* Le patron devait être bien fatigué pour avoir laissé passer un anglicisme aussi foireux. Je reconnaissais par ailleurs les approximations de Jean-Rémi. Car si une chose était certaine dans le petit matin trouble, c'est que la maladie ne s'arrêtait pas à la frontière.

Je commandai un autre café et me mis au travail. Tout revint : le phare, le visage de Benoît Fossard, le regard qu'avait eu Solenne Michelet pour m'accueillir. J'écrivis qu'il y avait un nuage, blanc, qui avait pris son essor dans la mer et que la brume qui rongeait le continent, c'était lui,

lui venu de l'eau, avide de poumons et de têtes. Je décrivis les reflets dans la haute tour. Les masques aux tuyaux noirs. J'ajoutai que si l'on s'était mis à tomber, c'est qu'on ne rêvait plus et qu'on ne rêvait plus parce qu'on allait trop vite. La lenteur était le remède autant que le symptôme. Après quoi, je cessai de voir chacun des mots, les mains allaient seules et les phrases s'amoncelaient sur l'écran. À la fin, il y avait cinq pages. Je relus et réduisis d'une quasi-moitié: le patron se plaignait toujours que je fasse trop long et cette fois l'article devait passer tel quel.

Certains passages, étrangement phosphorescents, étaient incompréhensibles: c'était comme s'ils m'avaient été dictés. Par Andrea? En écrivant, j'avais senti sa présence. À la cabane, il avait parlé de la mémoire, et c'est d'elle que traitaient les phrases en question, elle qui gisait maintenant sur l'écran. Les anciens s'absentent, disait le texte, car ils sont déracinés. L'accélération a été trop brutale les cinquante dernières années, le sol se dérobe. Tout le monde peut tomber malade, mais ce sont eux qui auront le plus de mal car ils ne reconnaissent rien: le béton a recouvert leurs souvenirs, les ordinateurs, leurs gestes. L'étrange hâte qui semble avoir gagné le monde n'a jamais été la leur, ils ne peuvent pas la suivre, alors ils lâchent prise. Étaient-ce les yeux de Marie, leur bravade? Je lisais la disparition programmée de cette intelligence. Si les vieux s'endorment, disait le texte, les récits vont crever. Ils vont s'en aller sans rien dire. Ce qui vient, c'est le silence.

Je me levai, piquée. Je ne comprenais pas. Heureusement, il n'y avait personne sur la terrasse et je pouvais m'agiter. Mais marcher ne calmait rien, fumer non plus. Alors je fis ce que j'aurais dû faire depuis longtemps : appeler Benoît Fossard.

6

— Oui ?

Sa voix, directe et franche, me le rendit tout entier. Il allait falloir jouer serré mais j'ai souri quand même.

— Camille Dutilleul. Bonjour, Benoît.

Il n'a pas répondu tout de suite et je l'ai laissé venir. Pour moi, je savais à peu près ce que j'avais à dire.

— Bonjour, Camille. Quelle chance de vous parler.

J'ai hésité. Puis plus :

— J'ai des questions, Benoît.

— Moi aussi, Camille.

— Je vous écoute.

Étrangement, Benoît s'est tu. Peut-être qu'il ne savait plus par où commencer. J'avais sans doute eu raison de ne pas l'avoir appelé plus tôt. Il prit une voix plus basse pour demander :

— Comment va Andrea ?

— Bien, je crois. On vous a dit qu'il parlait ?

— Votre collègue me l'a appris. J'imagine qu'il serait inutile de vous demander où il se trouve.

— En effet. Écoutez, Benoît, je préfère être franche :

je suis venue vous proposer un marché. Je viens de finir mon article. Je vous l'envoie si vous acceptez de me dire ce que vous en pensez. Si nous pouvons faire la paix.

— Je suis d'accord sur un point : la situation est telle que nous n'avons pas le temps de nous affronter. Notez que je le regrette car vos actions me semblent incomparablement irresponsables.

Le journalisme comme le reste est un chemin de crête : on décide souvent à l'instinct.

— Je vous envoie l'article. Lisez-le, j'attends votre appel.

Un quart d'heure plus tard, Benoît rappelait.

— *Article intéressant*, fut son verdict. Je ne m'opposerai pas à la parution. Mais je me doute que de cela, vous vous fichez désormais. Pour ce qui est du fond, plusieurs choses me semblent, comment dire : nouvelles, urgentes. Comment avez-vous fait ? C'est Andrea, n'est-ce pas ?

— C'était une de mes questions : a-t-il pu me transmettre des informations sans que je le sache ?

— Ce serait bon signe. Andrea avait perdu cette capacité.

— Alors disons que c'est lui. Et pour le reste ? Ce qu'il dit de la mémoire, des gens âgés ?

— Nos patients plus âgés présentent effectivement des symptômes aggravés. Certains ne bougent quasiment plus. Nous ne comprenions pas pourquoi, et votre article propose des pistes. Notamment lorsqu'il dit que la lenteur des malades n'est pas que le symptôme mais le remède. Une maladie est souvent une recherche de solution : le patient tombe malade lorsqu'il se trouve dans une impasse. En ce sens, une maladie peut être considérée comme une recherche de guérison : elle indique que le corps se bat contre ce qui le menace. Mais que la vitesse de notre monde soit le véritable virus contre lequel les corps s'insurgent, c'est ce que nous n'avions pas imaginé.

Je m'allumai une cigarette pour mieux écouter.

— Si les rêves se sont arrêtés, les rêveurs, jusqu'ici, ne meurent pas. Ils semblent être entrés dans une phase d'hibernation, comme s'ils attendaient que soient à nouveau réunies les conditions d'une reprise. Cette patience nous laisse ce dont nous croyons tant manquer : un peu de temps. Mais votre article le confirme : *la hâte fait partie du problème*. En quelque sorte, nous héritons d'une injonction paradoxale : nous devons nous presser sans hâte…

Il réfléchit.

— Les variations de vitesse de l'intelligence humaine nous intéressent depuis longtemps. Les tests de réactivité sont unanimes : nous avons perdu cinquante millisecondes de rapidité par rapport à nos arrière-grands-parents. Est-ce parce que nous sommes par ailleurs trop sollicités ? Votre texte le suggère. Mais pour qu'un événement surgisse, il faut que de nombreux facteurs se déclarent au même moment. Vous en proposez certains. Nous en avons listé d'autres.

— Je vous écoute.

J'avais sorti mon Bic.

— Tous les endocrinologues vous le confirmeraient : l'usage des pesticides entrave la formation de la *matière blanche*. Moins connue que la grise, elle est tout aussi importante pour l'intelligence : elle entoure les cellules et permet qu'elles communiquent entre elles. Pour rappel, la dissection du cerveau d'Einstein, qui en contenait bien plus qu'un cerveau disons classique, a permis d'en déterminer le rôle central. Lorsque la matière blanche régresse, les cellules se retrouvent isolées et peinent à se transmettre les informations nécessaires à leur survie. Ce premier point pourrait non seulement expliquer la lenteur des sujets mais également leur blancheur car dans certains cas – Andrea en est un – la matière semble surréagir pour se défendre et la peau du sujet blêmit.

Que Benoît évoque la peau d'Andrea me paraissait indécent, qu'il en fasse un *cas* aussi : la méfiance envers le scientifique revint, intacte.

— Le second point concerne la mer. L'homme étant composé en majorité d'eau, il est logique que la modification des océans, qui constituent la plus grande partie de son milieu, agisse sur lui. Ce problème structurel concerne la physique. Mais la mer doit également être considérée comme un espace psychique, un *topos* primordial. La mer constitue *la possibilité des rêves*, l'étendue à perte d'horizon. Et il nous arrive deux choses plutôt qu'une seule : non seulement la mer se détériore, mais les humains ont commencé à le savoir. La mer ne peut plus incarner l'inatteignable depuis qu'elle a elle-même été atteinte. En d'autres termes : là non plus, les hommes ne peuvent plus se réfugier. Or les hommes sans refuge sont des hommes nus, sur le qui-vive perpétuel. Et je vous le demande, Camille : peut-on rêver si on est sur des charbons ardents ? Non, on ne peut pas. On ne peut plus.

Le Chat passa devant mes yeux. Lui rêvait toujours : il avait fait les petits cris caractéristiques dans la voiture lorsqu'il tendait son ventre vers le ciel. Les Égyptiens avaient raison: chats ou scarabées, l'inconscience animale était peut-être d'essence divine. L'avions-nous oublié? Chaque jour, les espèces disparaissaient par dizaines. Extinction… Il fallait entendre le mot entièrement: les animaux *s'éteignaient*. Je comprenais soudain que le Chat me manque tant et qu'Andrea ait cherché si souvent sa présence. Vivre avec d'autres formes de vie que la nôtre n'était pas un caprice mais une nécessité. Et puis Benoît avait raison. Maintenant qu'on pouvait googler la vie entière, le piège se refermait: nous n'avions pas fait qu'asphyxier les baleines, nous vivions avec leurs cadavres sans cesse sous nos yeux. Je me suis mise à crier:

— Mais quoi, Benoît, l'acidité de l'eau a gagné nos neurones, les baleines se tirent des balles dans la tête et on se couche, c'est ça? On va mourir avec les banquiers, attendre la fonte des glaces et la montée des eaux?

— Calmons-nous, Camille.

— Nous calmer, vous êtes drôle…

De surcroît, me disais-je, et le mot ne m'était pas coutumier, il se fichait de moi. Mais parler à Benoît permettait de jeter des phrases dans le vide.

— Ce que vous avez dit des cellules, leur isolement… L'article dit que les anciens se retournent et ne retrouvent plus rien, que les récits vont disparaître… Peut-être que les cellules se sentent seules. Et les humains aussi, qui ne savent plus comment être les uns avec les autres. Vous allez rire mais c'est ce qui me vient: il faut peut-être chercher comment nous pourrions *repriser le monde*.

Benoît ne rit pas.

— Nous n'observons pas autre chose : la chaîne est en péril depuis qu'un des rêveurs s'est arrêté de rêver. S'est-elle cependant rompue ? Nous avons décelé une activité très faible, une sorte de veille. Nous ignorons comment relancer le mécanisme, mais il est toujours là.

— Il se peut surtout que ce ne soit pas un mécanisme, Benoît.

— Comment diriez-vous alors ?

— Un tissage. Auquel il faudrait du repos. Je pense que nous sommes fatigués. Andrea s'est reposé loin des fureurs et il va mieux. Peut-être que sa lenteur le guérit peu à peu mais il a aussi été entouré, il n'a pas parlé tout seul. Je crois que cela compte : les rencontres. Ou les inclinations. Cette façon qu'on a de se pencher les uns vers les autres.

Au lieu de se fâcher, Benoît fut doux, presque mélancolique.

— Ce qui se passe m'atterre, Camille. Nous balbutions. Il faut tout reprendre de zéro. Et les scientifiques détestent l'idée même d'une *tabula rasa*, sachez-le.

Subitement, je n'en pus plus : toutes ces choses que nous avions dites, nos confidences dans le téléphone, Benoît soudain sans armure. Il fallait prendre ce temps qui manquait ou ne manquait pas, et du recul.

— J'envoie l'article à la rédaction et vous appelle si je peux. Mais surtout : continuons. Nos voies diffèrent et nous avons besoin des différences. Benoît ?

— Oui ?

— Je vous embrasse.

— Moi aussi, Camille. Bon courage.

J'ai payé les consommations et rappelé Bertrande.

— Bertrande, je viens de t'envoyer le texte. Si tu peux, vérifie qu'il passe sans coupure.

J'ai hésité.

— Tu te souviens de Zorn ?

— Zorn ? Zorn de Bruxelles ? Zorn qui vit à Belgrade ? Comment ça, Zorn ?

— Andrea m'a montré des choses. Parmi elles, il y avait Belgrade et Zorn. Je ne sais pas pourquoi, mais il semble être l'homme de la situation.

— C'est clair, a dit Bertrande, si Zorn ne peut rien alors on est tous foutus.

Et il s'est mis à rire, cet imbécile. Mais son rire s'est vite arrêté quand j'ai demandé :

— Tu sais comment le joindre ?

— Oui, je crois.

Je l'ai entendu fouiller dans ses affaires.

— Il n'a pas de téléphone mais il m'avait donné une adresse si je voulais lui écrire. C'est celle d'un bar, le *Mornar*. Apparemment, c'est près de la gare de Belgrade. Je n'ai jamais rien envoyé, je ne sais pas si elle fonctionne.

J'ai noté l'adresse et l'ai remercié.

— Bertrande. Je crois que je vais partir à Belgrade. Depuis ce matin, je n'arrive pas à penser à autre chose. Dis-moi si tu trouves ça fou.

Il mit un moment avant de me répondre.

— En vrai, Camille, depuis quelques jours, je ne sais plus ce qui est fou ou non.

7

À la cabane, tout était calme, à mille lieues des événements. Marie travaillait au grenier. Je la rejoignis en silence et comme lorsque j'étais enfant, m'assis sur la dernière marche de l'escalier pour la regarder peindre. J'aimais observer son profil d'aigle – immobile, concentré – s'animer soudain, rapide comme l'éclair, pour porter *la* touche. Marie peignait brusquement, par à-coups. Elle n'était pas un triangle comme Benoît Fossard mais un trait, filant entre les blocs et les prenant de court. Elle peignait au couteau, par pans entiers de couleurs sur lesquels se détachaient parfois des corps que trois traits suffisaient à rendre justes : comme face à sa parole, on était démuni, parfois dévisagé. Ses sujets – la prison, les bêtes, la nuit – disaient sa recherche d'une peinture faite pour montrer les failles. Une lutte, donc, mais qui n'était pas brutale : si l'on pouvait pleurer en regardant ses toiles – les galeristes rapportaient ces crises, sans qu'on sache toujours s'ils s'en désolaient ou en félicitaient Marie –, elles conviaient plutôt qu'elles ne prenaient en otage. « Ce qu'on appelle la vie », disait parfois Marie, dans un moment où on ne pouvait savoir si elle parlait de sa difficulté ou, comme j'avais plus souvent envie de le croire, de sa beauté.

— Ton amie Esther a téléphoné, dit-elle soudain, l'œil encore sur une toile. Il paraît que c'est la bérézina, là-haut.

— Pas que là-haut, Marie. Partout. Il est possible qu'il y ait des morts.

Elle eut un mouvement agacé, comme si j'avais dit une grossièreté.

— Oui, oui. Esther l'a dit.

Et elle ajouta une touche de rouge sur un coin de sa toile.

— Nous avons discuté. Elle m'a parlé de sa musique.

Combien de temps avait duré leur coup de téléphone? Je fis une courte prière aux dieux de la police, les implorant pour qu'ils ne se soient pas intéressés de trop près aux conversations d'Esther et de Marie. Sévère, je demandai :

— Elle t'appelait de chez elle?

Surprise par mon ton, Marie leva les yeux.

— Aucune idée, enfin.

Puis, me jaugeant :

— Camille, tu es trop méfiante.

Nous nous affrontions rarement mais j'avais peur. Des gyrophares à la cabane, c'était rien de moins que la fin du monde.

— Elle a aussi dit que beaucoup sont gagnés de lenteur. Comme Andrea.

— Alors c'est bel et bien le *langsam* virus.

Elle sourit. Marie parlait allemand mais surtout, elle aimait la lenteur, elle qui passait son temps à ne plus se presser. Et puis, dans la clairière, lorsqu'elle m'avait parlé, elle avait évoqué la lenteur d'Andrea.

— Tout à fait possible, Camille. Le séduisant *langsam* virus.

Je me résolus brusquement à lui dire ce que je venais de décider.

— Marie, je vais partir. Vers l'est. Je dois aller à Belgrade. Si tu es d'accord, Andrea pourrait rester. Il doit encore se reposer.

Marie me regarda longuement.

— D'accord, finit-elle par dire. Mais le Chat doit rester aussi : Andrea a besoin de lui.

Lequel Andrea accueillit la nouvelle avec un flegme tout britannique : il me prit la main et nous partîmes marcher derrière la cabane. Il faisait déjà sombre, les oiseaux s'étaient tus mais la forêt bruissait, l'humus, les écorces, tout cela était vivant et cachait des forces têtues. Nous nous mêlions à l'odeur verte et humide des lichens et j'avais l'impression d'entendre les sous-bois. Plus loin, de grosses bêtes devaient cavaler ou dormir, on les devinait cachées derrière les chênes. La forêt tout entière faisait corps et nous étions, Andrea et moi, une partie de ce corps.

Andrea marchait loin derrière. Sa lenteur appliquée me donnait envie de le rejoindre pour l'embrasser. Était-ce parce qu'il ne souriait pas ? Il ne semblait plus si jeune. Pour la première fois, je vis le temps en lui, l'enfant qu'il avait été mais aussi l'homme âgé qu'il serait. Je sus alors que le visage de V. ne reviendrait pas ou jamais plus de la même façon :

il n'était plus celui par qui le temps s'arrête. Dans le petit bois assombri, à l'heure calme, je vis s'en aller le fantôme aux yeux tristes, tout blanc avec les poignets rouges. La colère avait disparu, nous nous souriions, finalement désolés. Si j'avais pu, disaient ses yeux. Si j'avais su, disaient mes bras. La forêt jouait pour lui, pour nous, et l'instant se refermait sans pouvoir revenir.

Andrea aperçut-il la silhouette de V. ? À la lisière de la forêt, il s'arrêta pour ramasser une feuille. *Morte*, pensai-je aussitôt. Mais il jeta la feuille et dit :

— Camille. L'homme de Belgrade. J'ai senti. Il sait.

— Zorn ? Qu'est-ce qu'il sait ?

— Tu verras. Il faut le trouver. Je penserai à toi.

Et il posa sa main sur ma taille pour m'entraîner vers la cabane.

Marie était postée sous le porche. Dans la nuit presque complète, je les regardais, mes amis si dissemblables. Ils me parurent doux, possibles, des axes clairs que n'arrêtait pas la tristesse des adieux. J'eus le désir d'étreindre Marie, de prendre son souffle et de voler Andrea, de ne plus le laisser ailleurs que là où j'étais. J'aurais voulu les emmener dans une valise, une voiture, partir pour la Corse. Mais ils se tenaient cois et ils étaient beaux d'être silencieux. Les prendre, c'était les quitter. Dans la brume, j'ai laissé voler mon désir, s'enfuir ma jalousie. Je n'avais plus peur. Et j'ai dit à Marie, Marie dont j'espérais qu'elle serait toujours là :

— Vous ferez attention, n'est-ce pas ? Pour la maladie.

Marie a tourné ses yeux de silex vers les miens, elle a laissé infuser puis elle a ajouté :

— Mais qui te dit que je ne veux pas l'attraper, ce cher petit *langsam* virus ?

Interlude

Pour ne pas entendre le silence qui régnait à nouveau dans la voiture, je poussais sur la pédale sans trop de mesure et le flou gagnait progressivement les vitres. Les paysages changeaient. Il y avait des animaux. Je vis des buses, plantées sur les piquets de cette autoroute que je m'étais finalement décidée à prendre. Prés, sapins, nuages. Et la pluie. Drue, tapant une bonne heure durant au creux des montagnes. J'avais envie de quitter le ruban et de m'enfuir vers les crêtes, couper à la perpendiculaire vers les cirques de pierre, les fous, les gens qui vivent seuls. De faire cette plaisanterie de tout arrêter, cette farce à Andrea surtout : ne plus être croyante mais chèvre, ou gardienne. Je me sentais ivre, peut-être de solitude, mais cette solitude était plus peuplée que d'ordinaire.

Le jour m'éblouissait malgré les pare-soleil de la Volvo. Bon signe, *me disais-je, le cap est bon puisque je suis aveugle : nous allons vers le soleil. L'autoradio chauffait presque autant que le capot. Entre deux cassettes des Stooges, j'écoutais les nouvelles. Elles étaient embarrassantes : les nouveaux cas se multipliaient et on comprenait de moins en moins ce que disaient les malades.*

La radio diffusait certains de leurs borborygmes. On aurait dit un nouveau langage qui chassait l'ancien, aussi séduisant qu'angoissant. La raideur semblait gagner le monde et j'avais l'impression que c'était elle que la Volvo fuyait, sans aucune chance que ses roues suffisent.

La hâte fait partie du problème, *avait dit Benoît. Fallait-il alors ralentir ? L'autoroute sembla répondre à la question en se muant en départementale. Bientôt les montagnes furent en vue et la Volvo entama l'ascension. Après un ultime lacet, on passa la frontière. Les pancartes italiennes me firent soudain comprendre que je me trouvais dans le pays d'Andrea. Le break descendit vers la plaine, qui était celle du Pô, le fleuve au nom sobre. La vallée était triste, plate et industrieuse, mais elle faisait penser au Nil : on voyait bien qu'ici comme là-bas, c'était le fleuve qui avait fécondé les terres. Pauvre fleuve pourtant que je n'aperçus qu'au sortir de Turin, de loin, et qui avait l'air trahi. La richesse qu'il avait apportée s'était transformée en erreur. Quand ? On ne savait plus.*

Venise apparut dans le soir. J'avais roulé pas loin de dix heures. De la ville si célèbre, j'ignorais tout sauf ce qu'on en dit : le tourisme des ruines était en vogue et elle figurait sur le haut du podium, elle qui allait bientôt disparaître sous les flots. Y rêvait-on encore ? Je voulus voir la lagune, l'eau menacée, menaçante. Je déposai la voiture et partis enquêter. Les passants, réguliers, ne formaient pas pour autant une foule. L'enchevêtrement des canaux faisait songer à des veines où se mêlaient le bleu aussi bien que le rouge : à découvrir Venise sous les reflets crépusculaires, elle parut assassine. Qui avait dit le premier : Venise la rouge ? *Sur l'eau pourpre, des gondoliers hélaient tous ceux qui se trouvaient encore à portée de voix. Les échoppes vendaient des tee-shirts, tabliers de cuisine, poivriers ou assiettes creuses. Sur le seuil d'une boutique, un marchand fumait en contemplant l'eau d'un œil vide. À quoi pensait-il, lui si absorbé, si grave ?*

Venise me rappelait Naples, la ville d'Andrea, ou plutôt Pompéi, ce jour précis où nous nous étions laissé enfermer dans la ville-musée. Nous étions trois amies et nous marchions dans les ruelles soudainement désertes. Comme à Venise, le soleil lançait ses derniers rayons et nous jouions à cache-cache avec les gardiens, des gardiens italiens, donc peu inquiets, assez fainéants : ils mirent longtemps à nous trouver et la rêverie avait eu tout le loisir de nous rejoindre. De l'épais silence qui régnait sur la ville entière, les hommes du passé avaient surgi, tout un peuple fantôme soudain à nos côtés. Venise n'était pas différente : à l'arrière des monuments, dans les ruelles borgnes, il y avait des regards. Mais les hommes étaient comme le marchand qui regardait l'eau : fatigués et graves, ils réservaient leurs engouements. Que faisais-je là, parmi tant d'autres passants ? J'ai préféré fuir vers la lagune pour me cacher à l'ombre des bateaux. Certains, très grands, rappelaient cette « info » glanée sur la Toile : les deux bateaux de croisière que détenait la Croatie polluaient plus que toutes les voitures de son territoire. Elles étaient pourtant belles dans le soir, ces grandes carcasses aux lumières vives avec lesquelles on pouvait faire le tour du monde, mais leurs lumières étaient de beaux couteaux rutilants. J'eus un coup de fatigue. Les hôtels chics me tendaient leurs bras dorés. Mais dormir ici, parmi ces eaux qui demandaient qu'on les laisse ? Non, ce n'était pas possible. J'ai salué les maisons qui plongeaient dans la lagune, la lenteur des barques dans le chenal, toute cette majesté qui n'avait jamais exigé qu'on l'admire, je lui ai souhaité bon courage puis j'ai fait demi-tour vers le parking où j'avais laissé mon cheval. Et j'ai murmuré au volant : va, ne t'arrête plus, emmène-nous loin d'ici où la mer meurt, tuée par les brigands que nous sommes.

Courir ventre à terre vers ce qui nous appelle est un luxe. J'ai roulé, comme on dit, sans me préoccuper de décompte. J'aimais que le voyage ne s'arrête plus et que le Danube approche. J'avais des envies de cascades, de sources fraîches et d'un horizon qui ne fût pas, d'une manière ou d'une autre, entaché. Tout se mêlait : les yeux las du marchand, la lenteur des bateaux dans le Grand Canal, celle des poissons traînant sous la rocaille. Le voyage se clarifiait : Andrea parmi les tentacules, moi qui allais vers ce fleuve, et Zorn au regard fou qui savait les grands fonds. De temps à autre, je m'arrêtais pour appeler Archibald, mais les sonneries retombaient dans le vide.

L'histoire aussi rattrapait la Volvo : Andrea n'avait pas fait que survoler le Danube, il avait montré les uniformes et le visage des veuves. Les Balkans, c'était une des dernières guerres d'Europe, dont j'avais des souvenirs de loin, abritées derrière les transistors de mon enfance. Ils se sont battus ? Est-ce bien sûr ? *Je me laissai entraîner dans les âges. Après l'intrigante Trieste, où je vis surgir des songes antiques faits de chevaux, de femmes aux tresses longues, Ljubljana parut faussement imprononçable, comme une formule pouvant ouvrir les mondes. Les forêts revinrent, drues, ancestrales. La Slovénie comme un trait, traversée de part en part sans y poser le pied. Frontière à nouveau, éclairée par mille feux, inquiétante : des petits hommes en costume s'approchaient, calmes et absents. Ils brillaient sous les ampoules crues mais leurs yeux muets ne demandaient rien : ni qu'on baisse la vitre, ni qu'on montre les papiers. Avec de grands mouvements de bras un peu las, ils firent signe de passer et la nuit se prolongea. Quand enfin Zagreb fut en vue, assez grosse pour produire une aura lumineuse qui ne pouvait tromper, il était très tard. Sans heurt, la Volvo se décala dans les bois et après avoir déplié matelas et couvertures à l'arrière, je m'endormis en serrant contre moi l'instrument d'Archibald.*

Au matin, la forêt que j'avais cru percer la veille avait disparu et l'autoroute se lançait dans une plaine désertique. Je ne m'arrêtai qu'une fois pour faire le plein d'essence, de café – de brioches, aussi – et j'éteignis la radio. Une idée un peu traître surgit dans le reflet du pare-brise : et s'il n'était pas là, lui, Zorn, s'il était revenu à Bruxelles ou parti ailleurs pour d'autres projets ? Avais-je trop fait confiance aux images d'Andrea ? J'avais totalement oublié que l'amour pouvait aussi être cela : épouser les logiques d'un autre, parfois se perdre. Je ne rêvais plus depuis une semaine. L'enquête m'avait tenu lieu de soupape mais la nuit passée j'avais eu des suées ; si courte qu'elle ait été, je m'étais éveillée plusieurs fois, saisie par le silence. Désormais j'étais seule et j'avais peur. Non pas de mourir ou d'être si lente qu'on ne puisse plus me reconnaître mais de tomber avant Belgrade, avant de savoir si Zorn pouvait nous aider.

Mais la route longeait la Save, petit cours d'eau dont je savais qu'il se jetait dans le Danube à Belgrade, et nous faisions route avec la rivière. Le break se muait un bateau. C'était bien, c'était mieux: il fallait continuer à se raconter ces histoires. Ne pas être comme ces hommes dont la mémoire flanchait. Tenez bon, Archibald, *ai-je murmuré tout bas,* l'Eldorado approche. Tenez bon, Archibald…, *ai-je répété en passant sa baguette sur mon dos. Puis j'ai ouvert plus grand les yeux car Belgrade était devant moi, immense et grise.*

Cinquième partie

« Il y a chez les éveillés un monde unique et commun, chaque endormi vit dans un monde particulier. »

HÉRACLITE

1

Un boulevard infini menait au centre, aux voies si larges qu'elles faisaient douter de leur réalité. De part et d'autre, des blocs innombrables, avec mille fenêtres, prenaient des allures de rêve scientiste des années 1960. Était-ce ainsi qu'on voyait alors le futur ? Ainsi que les villes avaient fini par lui ressembler ? Les façades n'avaient pas été repeintes mais les linges étendus aux balcons faisaient de la couleur dans le béton. Beaucoup d'antennes de télévision. L'ensemble ne semblait pas seulement austère mais en quelque sorte impossible : c'était trop grand, trop carré. Plus haut encore que ses voisins, un immeuble étrangement divisé en deux tours reliées par un petit pont faisait figure de porche : le dépasser, c'était franchir les portes de la ville.

Il était dix heures et les embouteillages s'accumulaient. Je sortis le papier sur lequel j'avais écrit l'adresse du bar de Zorn et demandai aux passants par où aller. Ils hochaient la tête sans répondre. L'un d'eux, comme j'insistais (*Mornar, Mor-nar Ca-fé*) finit par me dire : *République, plaça République*, puis désigna le haut des pentes. Je suivis la direction et trouvai peu après la place. Laquelle débordait de voitures et d'enseignes occidentales. Je garai la Volvo et, piétonne à nouveau, laissai le flux me prendre, ce balbutiement d'une ville qu'on découvre pour la première fois. Certaines rues étaient en terre battue, déparant avec les hôtels quatre étoiles qu'elles longeaient. Les passants allaient sans se bousculer, occupés de leurs affaires, ils se saluaient très peu, se regardaient à peine. La prudence qui hantait leurs yeux avait une longue histoire. On sentait dans ces rues des morts récentes, palpables. Sur certains murs, l'impact des balles était encore visible.

Le bâtiment de la gare en imposait, avec sa longue silhouette classique. De part et d'autre du fronton, des inscriptions noires disaient *Beograd* deux fois, à gauche en cyrillique, à droite en alphabet latin. De grands chiffres romains, larges et sévères, couronnaient l'ensemble : le bâtiment était sorti de terre près d'un siècle et demi auparavant, en 1884. Le hall, immense, résonnait de mille histoires. Était-ce le crépi au jaune passé ? Le peu de voyageurs se pressant sous le porche ? La gare semblait éteinte, les passants étaient fantomatiques et les présentoirs des boutiques recouverts de poussière. J'aurais voulu qu'Andrea marche avec moi dans les couloirs déserts et qu'on détaille ensemble les graffitis, les angles, les objets oubliés dans les vitrines. Mais il se reposait sous les arbres et moi j'avançais vers les voies. Tout fut confirmé quand je les vis : les longs portiques s'élançaient à perte de vue le long des quais mais entre eux, on avait arraché les rails où les herbes poussaient, folles. Des panneaux indiquaient encore le numéro des voies, mais sans l'heure, sans la destination. Ce qui avait dû être la gare centrale de Belgrade était maintenant abandonnée. En passant le porche, j'eus l'impression d'avoir gagné une autre strate de temps, qui continuait, parallèle, tandis que tout autour la ville grondait. Ici, rien d'une agitation mais un calme absolu. Et dans un coin, le café *Mornar*, où quelques tables rouillées se disputaient l'espace avec trois chaises. Sur l'une d'elles, un homme était assis, les lunettes sur le nez. Zorn.

— Salut.

Zorn a levé les yeux. Il avait le cheveu fou, l'air fatigué, mais de l'allure, avec ses lunettes noires et son grand manteau assorti. Cela me fit plaisir, non seulement qu'il ait une bonne tête mais aussi de retrouver au fin fond de ses prunelles ce je-ne-sais-quoi qui disait que je n'avais pas roulé en vain.

— *Fieu*, a dit Zorn, miss Camille *herself*.

On s'est fixés puis on a ri. Je ne me souvenais pas qu'on s'entendait aussi bien. On n'a rien dit d'abord, on s'est accordé un petit soupir dans le contentement des retrouvailles. Puis Zorn a hélé le serveur, grand gars maigre et roux aussi improbable que son café, et lui a commandé deux larges chopines. Malgré l'heure matinale, on a trinqué.

— Qu'est-ce tu fous là ?

— Je suis venue pour te voir, Zorn. Pour te parler des rêves.

Il a soulevé ses lunettes et j'ai mieux vu ses yeux, verts et perplexes.

— C'est quoi ces conneries ?

J'ai enchaîné :

— Tu lis pas les journaux?

— J'ai vu, et alors?

— Je ne rêve plus, Zorn.

Il s'est tourné vers moi avec sa gueule burinée, m'a regardée longtemps, puis il a posé une question étrange:

— T'es sûre?

— Ben oui.

Zorn a crié au serveur:

— Igor! Une autre!

On a entamé la deuxième bière.

— Il aurait pas des sandwichs, Igor? J'ai faim.

— Si, il a.

Je me suis mise à causer. D'Andrea, de Naples, de la balade au-dessus du fleuve et des armes. De Belgrade et enfin du visage de Zorn qui était apparu au beau milieu de tout ça.

— Putain, Camille, t'es une illuminée.

Puis:

— Il est beau, au moins? Andrea.

J'ai souri.

— Alors d'accord, a dit Zorn en se marrant.

Il a mis sa tête entre ses mains et a fermé les yeux. J'ai d'abord cru qu'il dormait, mais non, il m'a demandé:

— Pourquoi tu rêves plus? Les autres je m'en fous, raconte, toi.

— Ça a peut-être commencé il y a longtemps, quand j'ai perdu l'impression que je pouvais disparaître, même dans le sommeil. Trop d'écrans. Je n'arrivais plus à éteindre, même la nuit. Tu veux que je te dise quoi? Manque de temps, manque d'espace. Sale temps pour les rêveurs, c'est tout.

— Camille colère, a dit Zorn.

— J'ai porté plainte, tu sais.

Là, Zorn a ouvert les yeux.

— Hein ? Plainte de quoi ?

— Vol de rêves.

— *Bullshit*.

— *Bullshit* si tu veux. N'empêche que l'enquête a commencé là, que je suis à Belgrade, que tu m'écoutes, et que t'as forcément un truc à me dire.

Il a levé ses yeux par-dessus les lunettes, un peu comme un loup, et s'est roulé une bonne grosse clope qui a fait d'épais nuages de fumée. On aurait dit un vieux Sioux, un mec capable d'attraper les rêves rien qu'avec ses rides. Est-ce qu'il allait me décevoir ? Ça n'avait pas l'air de le préoccuper outre mesure. Il regardait dans le vague, sans tourner la tête du côté des grues qui parsemaient l'horizon. En entamant sa troisième bière, il a dit :

— Bois, Camille. C'est le seul truc à faire. Il faut se perdre, il faut te noyer.

2

On a bu. Longtemps dans la vieille gare, des verres et encore des verres. On se taisait souvent mais parfois, entre deux longues plages, on disait des conneries. *Conneries.* Zorn m'avait contaminée. Il a déliré sur les Français, les Slaves, le grand empire de l'Est. Il a dit qu'on était tous cuits (il prononçait à la belge, *cou-i*) sauf ceux qui savaient regarder le soleil en plissant les yeux. Zorn parfois était mauvais et je lui aurais volontiers tapé dessus. Bruxelles est revenue avec ses heurts. On s'écharpait comme des enfants mais des enfants qui auraient descendu une vodka, sans Bertrande pour légiférer. D'ailleurs, Zorn a demandé :

— Bertrande ?

J'ai répondu :

— Quoi, Bertrande ?

— D'accord OK, a dit Zorn, et on en est restés là.

Puis tout à coup Zorn s'est levé avec ses béquilles et m'a dit :

— Viens, on va à *Savamala*, l'ancien quartier de la nuit et des fous. Tout rasé tout propre. Ils ont tout pété en une nuit pour construire leurs buildings.

On a marché, pas trop vite. Au bout du quai, Zorn nous a fait passer derrière les bâches qui protégeaient le chantier et on a débouché sur l'immense terrain vague. Zorn n'a rien montré, rien dit. Il me tenait encore le bras quand les buildings sont apparus, flambant neufs. Le plus agressif était la lumière colorée qui circulait sur les façades, passant du rose au vert. Était-ce moi ? Nous ? Au milieu des gravats, il m'a semblé qu'on ne voyait plus rien. Ni la Save ni le ciel. Un grand trou noir. Comme Solenne dans le phare, Zorn m'a soutenue, mais cette fois, les béquilles ont volé et Zorn s'est levé dans la nuit. Assise sur un parpaing, je le regardais : sur une corde tirée entre deux containers, Zorn marchait, balbutiant au-dessus du vide, un pas après l'autre, dos aux tours. Son profil était éclairé par les reflets des buildings. *Welcome Zorn.* Il gueulait ses injures aux étoiles, à la vieille gare, à Beograd et puis moi. J'ai eu peur qu'il tombe, peur qu'on s'aime, peur qu'il ne sache rien. Puis j'ai oublié ces bêtises et je l'ai contemplé, mince silhouette entre les blocs, si agile dans le noir. La lumière a encore changé et quand Zorn est devenu violet, il s'est mêlé aux veines d'Andrea, aux corps des journaux et j'ai soudain pensé que si nos veines étaient bleues, c'était sans doute parce qu'elles étaient les premiers ruisseaux qui menaient à la mer.

Zorn a sauté des échafaudages, récupéré ses béquilles et dans Belgrade pas encore vide, nous avons cahoté, bras parfois mêlés, sans qu'on sache qui soutenait l'autre. Il m'a traînée de bar en bar boire encore, crier un peu mais dire. Les phrases étaient de celles que j'aurais voulu enregistrer.

On a finalement échoué à l'arrière d'une sorte d'usine désaffectée. Zorn est allé ouvrir et la musique a bondi. Une foule serrée dansait. J'ai reculé.

— Qu'est-ce que tu fous ? Ramène-toi.

— Je peux pas, Zorn. Trop de monde. Trop dangereux.

— Ah ouais, a-t-il dit de son air mauvais. Trop dangereux pour qui ? Pour eux ou pour toi ?

Il m'a pointé sa béquille sous le nez.

— Je vais te dire, Camille, je t'ai vue venir avec tes petits airs à la con. T'es venue chouiner mais tu t'en branles de Belgrade et tu t'en branles de moi. Tu débarques comme si on n'avait que ça à foutre. Et ça va ? La balade te plaît ? Tu prends des notes, c'est *OK* ?

Il a enchaîné, plus proche encore :

— T'as peur de plus rêver ? *Whaoo le scoop !* T'accuses les textos mais va pas chercher trop loin : ton ego est un *very nice* exemple de toute la connerie ambiante. Tu peux peut-être tromper ton monde mais pas le mien.

Et juste dans mon oreille :

— Tu crois quoi ? On n'a pas attendu tes journaux pour s'inquiéter.

Je n'aimais pas la bagarre. Pas toujours, pas comme ça. J'avais pourtant envie de lui en coller une. Mais il y avait ce qu'il venait de dire. Au lieu de lui choper le colback, j'ai cherché le ton le moins vexé possible pour demander :

— Comment ça ?

Il regardait ses pieds.

— De deux choses l'une, Camille, t'es venue me chercher et tu me trouves. C'est simple : il y a cette porte. Derrière, il y a des gens qui font des choses. Soit tu passes cette porte, soit tu te casses. Soit tu lâches ta tête, soit je veux plus te voir.

Je l'ai regardé, lui dont j'avais presque rêvé, un long moment dans le noir à évaluer ses paroles et mes actes. La balance a fait un petit cliquetis sourd et dans son dos je l'ai passée, cette foutue porte qui menait aux autres.

Tout de suite, des gens entourèrent Zorn. Certains criaient fort, mais d'autres avaient pour le saluer des gestes sobres. L'un d'eux se pencha à son oreille et Zorn s'arrêta, soudain attentif. Un jeune garçon assez éméché lui faisait de petites tapes compulsives sur l'épaule pour manifester une joie un peu fausse. Zorn finit par l'envoyer promener et me désigna du doigt aux autres, qui me dirent quelques mots d'accueil. Puis le groupe se dispersa. Zorn, déjà loin devant, se retourna un instant et ses yeux semblaient dire : *Vas-y, fais ta place, je te laisse*. La salle était d'une profondeur vertigineuse. Il y avait une cinquantaine de personnes, peut-être plus, dont beaucoup dansaient. Des escaliers menaient à un étage où d'autres parlaient, accoudées à la balustrade. Sous les marches, une fosse creusée dans le sol abritait des musiciens. Un chef au regard concentré, les cheveux longs et blancs, dirigeait depuis le bord une petite bande où nul ne souriait, casques sur les oreilles, yeux braqués sur lui. Sa main s'élevait au-dessus du vide pour donner naissance à une musique électrique qui prenait le corps entier. J'ai pensé à Bertrande qui aurait aimé, Bertrande qui ne cherchait que ça et qui, dans une ambiance peut-être semblable, avait su rencontrer Zorn. Lequel m'a aperçue et s'est mis à me crier :

— *Ne pense plus, Camille ! Ne triche pas !*

Perché en haut des escaliers, il regardait la salle. Il paraissait plus grand que dans la gare. Il a donné de petits coups de béquille sur le rebord de l'escalier qui ont produit des sons métalliques qu'on entendait malgré les enceintes toutes proches. Le chef a levé les yeux et d'un geste a stoppé la musique. Alors Zorn s'est mis à parler. Ses mots étaient d'abord recouverts par le brouhaha mais peu à peu la salle s'est calmée et on a commencé à distinguer ce qu'il disait. Il parlait en anglais.

— J'ai plusieurs choses à vous dire. D'abord, les nouvelles de l'Est sont bonnes : on s'en sort. *Good job.* Ensuite, il faut que vous sachiez que je vais me barrer pendant quelque temps.

Il a levé sa béquille vers le bar et a pointé une silhouette qui se détachait des autres. Le type à qui elle appartenait faisait trois têtes de plus que tout le monde. Très mince, il avait un visage minéral dont la beauté frappait même de loin. Il regardait du côté de Zorn d'un air calme, presque indifférent.

— S'il y a quoi que ce soit dans les semaines à venir, j'aimerais que vous voyiez ça avec Oskar. Il me préviendra en cas de gros pépin. Pour les affaires courantes, on continue par les voies habituelles.

Après un temps :

— Et sinon, j'aimerais qu'on salue les nouvelles arrivées : Markus.

Quelques applaudissements.

— Kim.

Là, on entendit des sifflets du côté du bar.

— Et puis Camille.

La fille qui était devant moi s'est retournée pour me sourire et me faire un clin d'œil. J'ai entendu le murmure de la salle. J'ai eu chaud d'un coup. J'ai réussi à rendre son sourire à la fille puis j'ai laissé la chaleur se propager sans essayer de l'arrêter. J'étais complètement dépassée.

3

Sur le mur, une pendule électronique indiquait en gros chiffres rouges qu'il était neuf heures trente. J'avais la nausée et un mal de crâne absolu. Zorn me tendait un grand verre d'eau et un cachet d'aspirine en disant :

— Avale.

Il était entré à pas de loup dans le salon où je dormais. Il traversa la pièce pour aller mettre un disque sur la platine qui était près de la fenêtre. Était-ce pour se moquer ? Les chants napolitains s'élevèrent, aux accents déchirants. Je tirai le paquet de cigarettes à moi. Le jour passait à travers les stores et striait la fumée qui envahissait la pièce, de plus en plus épaisse. Au pied du lit, la baie vitrée donnait sur les immeubles et le ciel : nous étions dans la cité aux mille fenêtres que j'avais traversée en arrivant à Belgrade et l'appartement était niché tout en haut de l'une des tours. Étions-nous au vingtième étage ? Davantage ? Au pied des bâtiments, les humains marchaient, tout petits. On apercevait le Danube entre deux immeubles.

Le cachet faisait effet, le mal de crâne s'éloignait et certaines images de la nuit revenaient, fluides et folles. Je me souvenais vaguement de notre retour dans la nuit. Après la fête, Zorn m'avait traînée jusqu'à ce lit et je m'étais endormie sans demander mon reste. Je n'avais pas détaillé l'appartement de Zorn, que je découvrais au matin, simple mais mystérieux. Dans quelle étrange confrérie avais-je mis les pieds ? Qui était Zorn ? Depuis la veille au soir, je ne le savais plus.

La musique cessa. Alors que je me levais pour aller retourner le vinyle, Zorn m'arrêta d'un geste.

— Laisse. Suis-moi.

Il m'entraîna dans le couloir. Une porte donnait sur une toute petite pièce qui avait dû être une ancienne penderie. Les écrans obscurcissaient les murs, du plus petit au plus large, reliés par un réseau très compliqué de fils. Zorn me fit asseoir et alluma les écrans. Des plans apparurent, sur lesquels on apercevait des points jaunes. Il indiqua l'écran le plus central :

— Vas-y, clique sur n'importe lequel.

L'écran montrait une grande carte d'Europe, avec des encarts pour certains pays, dont la Serbie. Je cliquai sur le point qui correspondait à Belgrade. Des lignes de chiffres surgirent.

Zorn :

— Camille. Je veux ton accord que ce qui est entre ces quatre murs y restera. Ce que je vais dire, c'est pas pour tes journaux. OK pour toi ?

— OK pour moi, Zorn. Je ne mens pas pour les choses importantes.

— Alors bouge. Laisse-moi m'asseoir, j'ai pas dormi, je suis crevé.

Je lui laissai la place.

— Je vais pas te raconter nos vies, seulement ça : les points jaunes sur les cartes correspondent à des lieux qui nous appartiennent. On attendait ce qui est en train de se passer et on a créé des zones de contact pour faire face. Pour des raisons que t'as l'air de pouvoir piger, ces lieux communiquent uniquement par voies d'eau, maritimes ou fluviales.

Mille questions dans ma tête, dont aucune ne franchit mes lèvres.

— Ah, dis-je.

— Oui, répondit Zorn.

Puis on est restés plantés là, à ne plus rien se dire. J'attendais. Zorn s'est mis à se marrer.

— Le silence est une arme, hein ?

Honnête et drôle, le Zorn. Cela donnait envie de lui parler.

— Pourquoi l'eau, Zorn ? Quel rapport avec les rêves ?

Il a remis ses lunettes.

— Pour plusieurs raisons mais notamment celle-ci, qu'on a tendance à oublier : les humains nagent avant de marcher. Dans les ventres de nos mères, nous sommes poissons avant d'être bipèdes. L'eau, c'est le premier élément. Si l'eau est touchée, c'est le lien à la vie qui se trouve menacé. Avec la pollution, les mers étouffent, elles n'ont plus assez d'oxygène, trop d'acidité. De cette asphyxie, les rêves sont à la fois les premières victimes et l'indicateur. Car nos recherches nous ont fait comprendre ceci : *les rêves montrent où nous en sommes de notre rapport au vivant*. Cela fait longtemps que nous allons dans le mur, alors, que les rêves disparaissent massivement ne nous a pas étonnés : non seulement nous attendions ce qui est en train de se passer, mais nous nous y préparions.

Je regardais les points jaunes sur l'écran. Comment une organisation de l'envergure de celle que Zorn me laissait entrevoir avait-elle pu passer inaperçue ? Peut-être qu'il avait tout gonflé, qu'il était fou ? Mais il y avait ces points, ces lignes de chiffres et puis aussi la soirée de la veille. Il fallait en avoir le cœur net. La journaliste a refait surface et j'ai bombardé Zorn.

— Comment vous faites, Zorn ? Pour vous organiser. Pour vous parler. Et depuis quand ? Comment ça se fait que personne n'est au courant ?

Il a regardé les ordinateurs.

— La plupart du temps, on communique par les petites lignes que tu vois sur l'écran. Ça marche pas trop mal. Bien sûr, parfois on se bastonne. Mais c'est pas les années 1970, on fait pas de réunions, toutes ces conneries, on code, alors ça va.

Ça m'a fait bondir.

— Mouais. D'écran à écran. Aussi cons que les autres, quoi.

Il baissa ses lunettes.

— T'es réac, Cam-Cam, tu sais ? Mais c'est ça, tu piges : aussi cons et même plus. Plus geeks que les geeks, plus voleurs que les voleurs. Être une montre qui avance.

Une pause puis, droit dans les yeux :

— Balancer son portable à la baille, c'est un bon début. Savoir comment l'utiliser pour le retourner à l'envoyeur, c'est mieux. Beaucoup plus excitant, aussi.

Je me sentais bête, mais Zorn n'a pas relevé.

— Pour te répondre, ça fait une quinzaine d'années qu'on s'est mis au travail. On doit pas être si mauvais que ça si miss Camille *herself* et sa rédaction n'ont rien senti venir.

Justement, j'ai demandé :

— Pourquoi tu me racontes tout ça et pourquoi maintenant ?

— Ça, c'est mon affaire, m'a dit Zorn en souriant étrangement. C'est mon job de savoir à qui se fier. Pourquoi maintenant ? Parce que tu es là et que ce n'est pas un hasard. Et aussi qu'avec ce qui se passe, nous avons décidé d'élargir la base : c'est le moment d'enclencher la vitesse supérieure, nous avons toujours su que l'ombre n'aurait qu'un temps. Mais pour que tu comprennes mieux, je vais te raconter une histoire.

Il se mit à parler très bas, en chuchotant presque, avec une voix de conteur un peu sentencieuse.

— L'histoire a commencé au XIXe siècle, dans la grande nuit de charbon qui avait recouvert toutes choses. Les villes s'étaient mises à grossir, avec leurs dédales et leurs hautes cheminées. La longue cécité venait de commencer. Certains s'inquiétèrent et le dirent à haute voix. On les traita d'illuminés, un peu puis beaucoup et finalement plus du tout. On se calma. Mais sitôt qu'ils recouvrèrent la vue, les hommes la perdirent à nouveau : il suffisait cette fois de se laisser noyer dans les galeries d'images plutôt que dans celles des mines. Les écrans avaient bien mérité leur nom : ils masquaient ce qu'ils semblaient montrer.

Il continua d'une voix un peu plus forte.

— Les ancêtres avaient découvert un petit morceau de charbon et l'avaient fumé sur le toit des villes ? Leurs successeurs comprirent que si nouvelle révolution il y avait, ce serait celle du temps. Ils ne firent pas que le prendre de court, ils décidèrent que cela ne devrait plus cesser. Ainsi naquit cette idée redoutable : l'instantané. Le coup de génie fut que de ce basculement dans l'immédiateté, on ne s'aperçût pas *tout de suite*. Mais on plongea gaiement, attirés par la nouveauté comme les papillons par la lumière.

Ses yeux brillaient.

— Je fis partie des passionnés de la première heure. Sans être tout à fait naïf, sans tout à fait me douter. Mais assez vite, nous avons compris que si l'on n'y prenait pas garde, les reflets bleus des écrans risquaient de masquer ceux de la mer.

Il se tourna vers moi.

— Au début, Internet était un tout petit monde, c'était facile de se croiser. On a été deux puis cinq, dix, cent. De plus en plus inquiets, de plus en plus excités aussi : plus on était dépassés, plus on devenait combatifs. On a commencé en codant puis on s'est rencontrés. Certains sont partis, d'autres sont arrivés. On s'est organisés. *Voilà*.

Silence.

— Ceux qui se cherchent finissent par se trouver, il suffit d'y croire et d'y aller. Toi-même, Camille, tu n'es pas seulement réceptrice, tu es *chercheuse*. C'est ce que j'ai lu dans tes yeux et c'est pour ça que je peux te parler aujourd'hui. C'est aussi ce qui t'a fait rencontrer Archibald.

J'ouvris la bouche.

— Archibald...?

— Oui, Archibald. Cela fait un moment qu'on se connaît, lui et moi, on s'est rencontrés au tout début.

Zorn me toisa, sévère.

— Ne dis rien, je n'ai pas fini.

Je refermai la bouche.

— *Internet*... Comment dire? C'est un outil paradoxal. Il permet à la fois d'ouvrir le monde et de le réduire. Est plus visible sa première qualité; quant à la seconde, il fallait la déjouer.

Zorn sourit.

— La plus grande menace concernait la disparition des rencontres. On n'avait pas prévu que les téléphones remplissent l'intérieur des poches et des esprits. Le hasard risquait de disparaître, les algorithmes gagnaient du terrain. Avec les écrans, les coïncidences se sont raréfiées pour la bête raison qu'on lève moins souvent la tête. Qui sait ce qu'on manque lorsqu'on consulte ses mails? Tout près de nous, passent peut-être des êtres chers ou qui auraient pu le devenir.

Il avait le regard sec.

— Tout se joue dans les corps, Camille: nous ne croyons plus en ce monde parce que nous ne croyons plus en nos corps. Mais certains peuvent encore appeler et nous découvrons peu à peu comment les aider. Tu as trouvé parce que tu cherchais: Archibald, Andrea, Marie et puis moi... Et bientôt...

Il sourit sans finir sa phrase. Vit-il la nouvelle salve de questions qui me montait aux lèvres ? Il coupa court :

— Viens, la suite, c'est dans la cuisine.

En passant, j'aperçus l'intérieur de sa chambre dont la porte était entrouverte : un matelas trônait au milieu d'une pièce vide, enserré dans de grands arceaux de fer recouverts de grillage à poule. Zorn avait suivi mon regard.

— Cage de Faraday, dit-il.

Je lui adressai un point d'interrogation avec mon sourcil gauche.

— Ça empêche le passage des ondes. Nous aussi, on tient à nos rêves.

Puis, adouci, il me montra la porte.

— Allez, entre, va.

Il faisait bleu dans la cuisine : des aquariums couvraient la plupart des murs. Dedans, pas de poissons mais des algues, aux formes variées. Dans le plus grand, elles s'emmêlaient comme des cheveux. Zorn scruta l'eau puis saisit les ciseaux qui pendaient à un clou et plongea son bras dans l'aquarium. L'algue qu'il venait de couper se recroquevilla.

— Prends-la.

J'avais de la répugnance à l'idée de la toucher mais l'algue était douce, inoffensive. Mieux : elle était caressante. Quand Zorn me demanda de la déposer sur l'établi, je reculai comme pour la protéger.

— Tu l'aimes ? Alors j'ai bien choisi, mais lâche, Camille, lâche-la maintenant. Le temps file.

À regret, je déposai l'algue sur la longue planche de bois et Zorn entreprit aussitôt de la dépecer. Il ôta de minuscules grains qui lui faisaient comme une épine dorsale sur tout un côté. Après quoi il la découpa en très fines lamelles qu'il retailla consciencieusement jusqu'à en faire des petits ronds quasi parfaits. Il compta en allant jusqu'à dix-huit puis mit chacun des morceaux dans de petits flacons en verre qu'il referma avec des bouchons hermétiques. Sans se retourner, main dans le dos, il me fit signe. Il avait tiré d'une des étagères une petite cassette en bois juste assez grande pour contenir tous les flacons.

J'ai pointé du doigt les flacons.

— C'est quoi ?

— *Spirogyre.* Algue filamenteuse et commune dont on recense plus de trois cents sortes : *Spirogyra speciosa*, *spirogyra insignis*, *lacustris*, *variabilis*, *urbana*, *subformosa*, *orientalis*...

— Et celle que tu as coupée ?

— *Spirogyra labyrinthica*. Pour se perdre et se trouver. Exactement ce qu'il te faut.

— Merci...

— Mais je t'en prie, Camille.

Il regardait les aquariums.

— Que tu comprennes bien... Ça fait quinze ans qu'on les observe. Les spirogyres sont des algues de lacs, flaques, bords de fleuve... Elles sont en pleine expansion car elles se plaisent en milieu pollué. Certains croient qu'il faut les combattre, nous pensons qu'il faut les comprendre. Leur élégance nous a mis la puce à l'oreille : bien qu'invasives, elles n'ont aucune visée hégémonique et leur implantation reste intermittente. Elles n'apparaissent qu'au printemps et disparaissent lorsque les autres espèces ont besoin de l'espace, en septembre. Surtout, la vie profonde des eaux n'est pas perturbée car leurs cellules sont transparentes, les membranes laissent passer la lumière.

— Comme les fêlés.

— Ouais, c'est ça. C'est toi qu'es fêlée, Camille.

Coup de coude suivi d'une tape sèche sur mes mains.

— Tiens-toi putain, je te cause.

— Mais je t'écoute, Zorn, je fais que ça.

— Elles ont des cellules relativement simples, en forme de spirale, d'où leur nom : *spirogyre*. Cette structure leur permet de se brancher plus aisément au milieu. Intéressant. Leur façon de se reproduire, également. En quelque sorte, leurs cellules se tendent les bras. Pour s'accoupler, elles fabriquent un tube entre elles, des boules se forment dans chacune des extrémités et ça fait deux petits en même temps, féminin et masculin. Je ne te cache pas qu'il y a eu beaucoup de fans. On s'arrachait le microscope.

— Si seulement on était des tubes, Zorn…

Il m'a regardée sans sourire. Nous étions fatigués l'un et l'autre. Zorn s'est approché et m'a dit sur un ton beaucoup plus tendre :

— Je vais te dire, Camille. Nous avons peu de temps mais tu as de la force. Je peux te donner ce que tu es venue chercher. De l'oubli. Un retour. Une médication pour ce qui t'arrive. Pris à temps, on peut encore agir sur les rêves. La suite, c'est toi qui décides. Si tu veux, les algues sont à toi, il y en a une pour chaque jour jusqu'au delta. En absorbant l'algue, on se branche à la vie du fleuve, à l'eau, à sa tranquillité. Elles sont ton passeport pour que tu lâches prise, pour que le fleuve t'accepte.

— Le fleuve ? ai-je demandé.

— Oui. Le Danube.

Zorn était penché vers moi, attentif.

— Mais jusqu'à quand ? Vers où ?

— Vers la mer Noire. Vers l'île. Il y a lieu à nous, là-bas. Je t'y emmène si tu le souhaites.

J'ai vu ses cheveux en bataille, sa peau tannée. Ses rides semblaient si profondes, des sillons tracés dans une glaise millénaire. Fallait-il lui faire confiance, ne plus se battre ? Était-ce cela que j'étais venue chercher à Belgrade ? Une étrange compagnie de pirates, beaucoup plus vaste que ce à quoi je m'étais attendue ? J'ai su que j'étais prête quand je me suis mise à sourire. J'avais envie de ce fleuve, de ce voyage et de l'inconnu qu'il annonçait. Envie de voir et de savoir mais aussi de me laisser glisser. Car le contrat que Zorn me mettait entre les mains avait un autre nom : l'abandon. Ne plus répondre de rien, se laisser faire, s'abandonner à la volonté d'un autre, voilà qui ne m'était pas arrivé depuis longtemps et qui semblait soudain si désirable.

— Alors d'accord, Zorn. Je viens avec toi.

J'ai tendu la main.

— Et d'accord aussi pour les algues : donne-moi un comprimé.

Le petit cercle visqueux fondit sous ma langue avec un léger goût âcre. Il se passa un peu de temps puis je sentis la vague me rejoindre : la terre et l'eau s'engouffraient dans mon corps avec leurs reflets verts. J'étais à mon tour transparente.

4

Il faisait presque nuit quand Zorn me secoua.

— Il est temps, Camille, lève-toi. Tu dois te laver et t'habiller. Je t'attends.

Il me tendit un gros morceau de savon et désigna la porte de la salle de bains. Je passai l'eau sur mon visage, frottai mon corps. Des vêtements attendaient sur une chaise, noirs et amples. Quand je revins au salon, Zorn fumait, un vinyle passait sur la platine. Comme je l'interrogeais du regard :

— La chanson s'appelle *Mornar*, comme le café. *Mornar* veut dire « marin » en serbe. Je te traduis les paroles.

Il se mit à fredonner :

— *Maintenant, je vous serre fort, ne vous souciez pas de moi, emmenez-moi dans l'eau sans fin, je veux fondre. Je sens toujours… Je me demande… Où tout ce que j'ai construit a-t-il disparu ? Mon âme, mes rêves, ils dorment au fond de l'eau.*

Il tendit une petite clef USB avec des écouteurs.

— Cadeau pour ta traversée. Je t'en ai mis quelques autres qui restent dans le thème. Recharge solaire : on risque pas de tomber en rade. Et ça, c'est aussi pour toi.

Je passai un grand manteau en laine épaisse.

— Merci, Zorn.

D'avoir les écouteurs en main me fit me souvenir de l'existence des choses. Je demandai mon sac, le fouillai, puis tendis mes clefs à Zorn.

— La Volvo est rue Dositejeva. Break 240 beige. Il y a une plante à l'arrière. Une misère. Et le cahier de Marie, il faut aller le chercher.

— Ne t'inquiète pas pour ça, dit Zorn, tu ne t'en souviens pas mais on s'en est occupés cette nuit. Ta voiture est en lieu sûr et le cahier nous attend dans le bateau, nous l'emportons avec nous. Ils prendront soin de la plante.

Je n'avais ni l'envie ni la force de le questionner. Je sortis le dernier téléphone jetable de mon sac et arrachai sa gangue de plastique. Zorn laissait faire. Mon dernier message était pour Bertrande : « Je pars vers la mer Noire. Pas de nouvelles avant longtemps. Note pour Benoît : chercher du côté des spirogyres. *Lovve.* » *Love* avec deux *v* : code entre nous pour qu'il ne s'inquiète pas. J'ai sorti la puce et l'ai coupée en deux. Voilà, c'était fini.

— Je suis prête.

Couloir sonore, ascenseur infini, tours plus vertigineuses d'en bas que d'en haut. Je gardais les yeux fixes, concentrée à faire un pas après l'autre. Cours, parcs, passages sous les immeubles puis le Danube enfin, large et puissant. J'ai relevé la tête. Une barque à fond plat et voiles beiges attendait sur le quai. Zorn a tourné lentement sa tête vers moi et a dit d'une voix égale, ni chaude ni froide, en pointant l'horizon :

— *Just in time.*

Alors j'ai compris que le jour finissait et qu'il fallait partir avant que tout ne retombe. Je me suis accroupie pour passer la main dans l'eau terreuse des bords et l'eau a résonné dans mes doigts. Tout fut calme ensuite : les gestes que fit Zorn pour me hisser à bord, l'eau qui tanguait déjà, le soleil finissant. Sur le pont du bateau, dans un coin, une banquette abritée par des triangles de toile m'appelait. Un lit avec des oreillers profonds et de grands pans de laine. Je me suis enfouie sous les peaux de mouton en ne laissant dépasser que la tête. Lorsque Zorn leva l'ancre, j'avais déjà sombré.

Le voyage sembla durer une éternité. Les comprimés faisaient effet et je me laissais aller à leur flou et à cette impression cotonneuse qu'ils donnaient. Il y eut la lune puis le soleil, les arbres, parfois des tourbillons qui rompaient la monotonie de l'eau ; les voiles descendirent le Danube. Dans le vent, des ailes se penchaient sur la barque, les berges s'éloignaient ou revenaient et d'autres bateaux aussi, dont certains étaient bruyants. À Belgrade, le Danube était si large qu'on pouvait croire à une mer, un lac presque, s'il n'y avait eu ces courants qui ne le laissaient pas tout à fait au repos. Mais ensuite, le fleuve s'oubliait et redevenait rivière, les terres se rapprochaient et s'élevaient. Des oiseaux suivaient l'embarcation, ouvrant les voies, assurant le passage. La main de Zorn caressait mon front, il épongeait les petites gouttes qui perlaient à mes tempes et des mots vinrent aussi, chantés bas, pour combattre la peur qu'il y avait à franchir la muraille. Les mains. La nuque. Les oiseaux jusqu'au soir. Et la nuit, encore et encore, son humidité agrippée aux toiles beiges, grimpant le long des planches jusqu'à la peau à découvert.

Lorsqu'il pleuvait, Zorn ajoutait des couvertures et des triangles de toile à ceux qui étaient déjà au-dessus du lit. Si la pluie durait trop, il installait aussi un brasero sur le pont. Les bûches fondaient, le chant revenait. Jamais le froid ne gagna l'intérieur de mes joues ni le cœur du nid, près du ventre, ce point rouge qui se déplaçait sur l'eau grise. L'air. L'air était important : il fallait que le corps reste dans la nuée, sous le souffle, et que jamais on ne l'emmène à l'intérieur, où le bois et le métal feraient trop de frontières avec le ciel.

Les jours passèrent sans que je le sache. Le temps disparut, comme laissé à l'arrière, oublié dans la lumière des berges. La barque glissait sur l'eau calme, parfois escortée par une bête qui regardait depuis la rive, paisible ou alarmée. Ragondin moustachu, grue aux longues pattes, loutre à la cambrure distraite : je ne les vis pas, j'habitais sous la surface des eaux, parmi les tubes. La vie était devenue géométrique, je vivais dans l'infiniment petit, au niveau cellulaire, fait tantôt de lignes franches, tantôt de lignes plus sinueuses. Les spirales s'accrochaient les unes aux autres et m'attiraient vers les fonds verts, murmurant des choses qui n'avaient rien à voir les unes avec les autres. Un soir, le délire prit comme un feu de paille :

— *Si le réel s'apparente à une plante, je serai cactus ou orchidée et offrirai à tes yeux endormis une merveille qu'ils ne savaient plus désirer. Nous serons fiers, audacieux, des Vikings aux langues infinies qui ne se lasseront plus ni de savoir les choses ni d'apprendre leur forme. J'ai pris ta main dans le matin où le volcan grondait, tu te souviendras de moi à l'heure creuse. Que vivent encore les aurores imprévues, si elles peuvent, si elles savent et qu'aux écrans elles ne soient pas pendues !*

La main de Zorn sauva une fois de plus ma nuque en la secouant. Rude, épaisse, chaude. Son chant redevint une voix et dit :

— Regarde, Camille. Le phare. Le kilomètre zéro.

Avais-je dormi ? Ce n'était pas très sûr. Rien n'obéissait. Un flottement. Le soleil rendait rouges les paupières. J'ouvris les yeux et retrouvai le ciel, les voiles, Zorn. Un petit phare rouge et blanc, au chapeau arrondi, veillait sur le delta. Modeste et rapiécé, il semblait à la dérive.

— Le phare de Sulina, dit Zorn. Là où le fleuve s'arrête et où la mer commence.

J'étais incapable de mouvement.

— Tu es partie longtemps, Camille. C'est assez. Il faut reprendre des forces.

Le bateau s'avançait sur la mer.

— Et maintenant ? demandai-je.

— Je peux te le dire : nous allons à Istanbul. Ou plutôt au large d'Istanbul, dans les îles qui lui font face et qu'on appelle les îles des Princes. La plus vaste s'appelle Büyükada. À son sommet, s'élève un ancien orphelinat qui est le plus grand bâtiment en bois d'Europe. Il a longtemps été abandonné. Immense et imbibé d'eau de mer, c'était l'endroit parfait pour nos recherches.

Il chercha mes yeux.

— Camille, je t'emmène au *QG*.

Sixième partie

«C'est le réveil qui nous tue.»

Virginia Woolf

1

Istanbul scintillait dans les lointains, tentaculaire. Mais ce dont nous approchions toutes voiles dehors était cette montagne qui émergeait des flots comme la tête prudente d'un alligator. À regarder l'île apparaître, petite masse sombre qui se distinguait à peine de la mer, je vis l'enfance rejaillir en tornade.

— Büyükada, dit Zorn, laconique.

Et il ajouta :

— *Büyük* veut dire grand, *ada*, l'île. Mais *Büyü* veut aussi dire « magie », on l'a appris plus tard.

Il désigna la rive.

— Regarde, ils nous attendent.

À voir la terre approcher et les silhouettes se dessiner, je compris que prenait fin le périple qui m'avait fait découvrir Zorn. Je le regardai, vieux prince pirate, qui fixait la rive avec le profil concentré des marins. Ensemble, nous avions si patiemment cheminé parmi la vieille Europe, à dos de barque et d'algues, entre le vert des rives et celui de l'eau. Là, tandis que l'île venait, nous étions sans demande et je sus que Zorn n'avait pas fait que me protéger, il m'avait guérie peut-être. Au creux de mes veines, le mouvement crépitait à nouveau, faible mais réel. Je ne voulais pas que Zorn me quitte, que la traversée cesse, que le noir revienne, mais la barque touchait déjà terre et fut entourée par une nuée de gestes et de visages. Parmi eux, beaucoup appartenaient à des enfants dont les jeux reprirent aussitôt. Zorn souriait, aspiré par la ronde des retrouvailles. Nulle part on n'apercevait de voiture, seulement des carrioles tirées par des chevaux, dont les mouvements nerveux, les odeurs, donnaient à notre arrivée des allures de voyage dans le temps. Sur un geste de Zorn, deux grands types me portèrent sur l'une des carrioles. Les autres charrettes se remplissaient avec les caisses de marchandises qu'on déchargeait du bateau.

Le convoi se mit en marche. Nous allions au pas sur une route escarpée que des lampadaires éclairaient par instants. Le chemin longeait des maisons aux portes entrouvertes. Sur les seuils, des gens saluaient en disant parfois quelques mots. Alors qu'on arrivait sous des bois, la pente s'adoucit et Zorn se faufila dans la charrette. Les yeux pleins de malice, il m'aida à m'asseoir. Je regardai dans la direction qu'il désigna d'un coup de menton. Un long frisson me parcourut le dos : l'orphelinat, d'une taille qui débordait non pas seulement les yeux mais l'imagination, élevait vers le ciel de hauts pans plus immenses qu'attendus. Il défiait les lois de la proportion et on ne pouvait que se trouver vaincu, avec une peine mais un plaisir aussi, indéniable, délicieux, effrayant. Zorn observa mes débordements avec tact : il ne serra pas ma main, ne fit aucun geste pour me soutenir davantage. Je sus alors que lui aussi devait avoir flanché, comme tous peut-être, et que le sas d'entrée était paramétré par ces défaillances solitaires. Pour que la chute soit plus douce, je ne m'évanouis pas mais décidai de m'endormir.

2

Nul n'avait songé à parer la fenêtre de rideaux et les rayons envahissaient la pièce nue. Ils gagnèrent progressivement le lit où je me trouvais et je me réveillai, happée par la lumière. Je voulus voir. Mes jambes se dérobaient encore un peu mais je parvins à gagner la fenêtre et à l'ouvrir. Entrecoupée par les brumes du matin, la mer s'étalait quasiment à perte de vue. Le continent, visible sur tout un côté, avait ses pentes grignotées de constructions nouvelles, on voyait jusqu'à Istanbul. L'île restait pourtant prudemment à distance, petit pays clos et couvert de forêts : nulle part on n'apercevait de route, rien que la cime des arbres. Tout le bâtiment était en bois, un bois sombre qui tirait sur le noir. Ici et là, des planches se défaisaient, penchant dangereusement vers le vide, mais l'usure conférait à l'édifice un charme plus puissant encore.

J'avais peu de souvenirs de la veille, aucun de ce lit ou de l'arrivée. On avait dû me porter jusque-là, inconsciente. L'air traversait la chambre et j'entendais encore le claquement des voiles de la traversée. S'y mêlaient maintenant des voix qui montaient de la pelouse. On toqua et Zorn apparut en portant un plateau. Dessus, il y avait du pain, plat, et une myriade de petits bols dans lesquels fumaient des merveilles. Zorn me regardait, visiblement amusé par mes yeux agrandis.

— Vas-y, mange.

Je me jetai sur le plateau. Yaourts, aubergines, poivrons, fèves... Et le pain, qu'on avait dû cuire au bois car il avait de petites brûlures sur les bords. Quand il ne resta plus une miette, Zorn retira le plateau et demanda :

— Je te montre ?

Je hochai la tête par trois fois, impatiente.

Le palais avait dix étages, autant de cuisines, quatre ascenseurs, vingt baignoires. Des dizaines d'escaliers, d'alcôves, de salles. Et mille pièces, sans que cela soit une image.

— Neuf cent quatre-vingt-dix-huit pour être exact, dit Zorn, après l'annexion de deux d'entre elles pour agrandir les cuisines du rez-de-chaussée. Les architectes n'avaient pas que la passion des grandeurs, ils avaient celle du chiffre rond. À moins que cela ne soit une demande des commanditaires : avant d'être un orphelinat, le bâtiment a d'abord été un palace appartenant à la Compagnie internationale des wagons-lits. Elle détenait aussi l'Orient-Express. En quelque sorte, l'Orient commence entre ces murs : Camille, nous sommes bel et bien passés à l'Est.

Il m'entraînait dans les couloirs, ouvrait les portes, me montrait les pièces, les salons, les salles d'eau, et même certaines des chambres. Il profitait de notre promenade pour faire sa tournée de retrouvailles et les prénoms pleuvaient. Olga, Wladimir, Piotr. Beaucoup de prénoms de l'Est. Mais aussi du Sud : Mohand, Yazid, Leïla. Et une myriade de prénoms turcs, aux sonorités nouvelles pour moi : Orhan, Zennur, Mesut, Hümeyra... La plupart saluaient de loin, certains avec des clins d'œil dans le regard, d'autres plus fermés, ne voulant pas être distraits par Zorn ou par les allées et venues qu'on devinait incessantes. Moi ? J'ouvrais mes yeux. Je devais avoir l'air un peu sotte ou peut-être seulement absente ; comme sur la barque, je ne parvenais plus toujours à parler. Zorn était excité comme un diable. Lorsqu'il s'arrêtait pour causer avec l'un ou l'autre, j'en profitais pour m'asseoir un instant, et je l'écoutais. J'appris ainsi qu'il parlait le turc et le russe aussi bien que l'anglais, l'arabe ou l'espagnol. Les mots lui sortaient de la bouche à toute allure. Ses interlocuteurs me fascinaient, leurs vêtements notamment, qui me semblaient avoir des couleurs dansantes, plus vives que d'ordinaire. Car je voyais mieux, comme au travers des choses.

Assez régulièrement, des pancartes mettaient en garde contre les dangers car le plancher était miné de trous et le jour donnait à travers certains des murs. Les habitants transportaient des planches ou des seaux de peinture, beaucoup étaient bardés d'outils et j'avais l'impression que nous étions dans une ville, une ville entière entre quatre murs, avec de larges avenues ou de petites impasses, un chantier infini. Mais certains faisaient la sieste ou lisaient, et d'autres dormaient. Dans un coin, deux filles trafiquaient des petits boîtiers qui semblaient réclamer des attentions impossibles.

Je m'approchai et les regardai un bon moment. Zorn finissait sa conversation avec un grand type brun ; il m'expliqua à voix basse pour ne pas les déranger :

— Ce sont des brouilleurs d'ondes. Pour l'instant, ça ne marche pas très bien, mais on essaye. Viens, je vais te montrer le rez-de-chaussée. On va prendre l'ascenseur. Des quatre, nous avons réussi à en réparer un.

Il nous fit passer par un couloir aussi obscur qu'étroit, flanqué d'étagères qui montaient jusqu'au plafond. Sur le palier, l'ascenseur trônait, merveilleux. La petite cage dorée brillait dans la pénombre. Je n'en avais jamais vu de semblable, d'aussi ancien en fait. Zorn écarta des grilles en fer forgé sur lesquelles étaient sculptées des têtes d'animaux, panthères, éléphants, oiseaux, puis me poussa à l'intérieur. Très lentement, l'ascenseur entama sa descente. J'avais l'impression d'avoir retrouvé la dernière machine à remonter le temps et je priais pour que le voyage ne s'arrête pas trop vite. Mais le sol arrivait déjà et Zorn écarta à nouveau les grilles. Nous débouchions sur une immense salle, dont les colonnades devaient mesurer pas loin de quatre mètres. L'activité y était plus grouillante que dans les étages.

— La salle de bal, dit seulement Zorn. Il y en a un ce soir. Mais ne t'arrête pas : je veux que tu voies les labos.

De part et d'autre d'un long couloir, quelques portes, au-dessus desquelles on avait accroché des panneaux. La plus proche disait : « Salle des voiles ». Plus loin : « Salle des correspondances », « Salle des tissages », « Salle des embrassades ». Puis : « Salle des algues », « Salle des danses », « Salle des carburants », « Salle des associations libres ».

À cette dernière, Zorn s'arrêta et fit signe qu'on se taise. Sans frapper, il fit pivoter la poignée de la porte.

Des personnes étaient allongées dans des rangées de lits sous des couvertures aux poils longs. Quelques autres, assises près des fenêtres, prenaient le thé sans qu'on puisse distinguer ce qu'elles disaient. Partout aux murs : des dessins, des peintures, des photographies et des livres, dont les rayonnages occupaient la plupart de l'immense espace. Nous avions surgi dans une bibliothèque qui tenait tout autant de l'infirmerie. Je me tournai vers Zorn.

— C'est une salle de repos d'un genre un peu spécial. Y viennent ceux qui en ressentent le besoin et ceux pour qui le temps est venu, qu'on convie plus spécifiquement. C'est une salle transitoire. Comme toutes, elle est reliée aux autres. On y vient pour dormir, regarder, parler. D'autres écrivent ce qui est dit pour constituer des archives. Elles sont recueillies dans les rayonnages que tu vois là-bas.

Il montrait de grandes étagères en bois que des roulettes permettaient de déplacer.

— Nous l'avons nommée « Salle des associations libres » mais nous avons hésité avec d'autres appellations. « Salle des associations perdues » a un temps été envisagé, mais ça nous semblait trop désespérant. Elle est pourtant une sorte de « maladrerie », comme on disait autrefois.

Il n'était plus aussi fébrile que dans les étages.

— L'orphelinat est un palais de la mémoire perdue. Nous avons créé quelques zones de contact ailleurs, des lieux pour se rencontrer et tenir. Mais c'est ici, à Büyükada, que nous avons rassemblé le plus gros de nos efforts. Et de nos archives. Ton article dit vrai lorsqu'il soupçonne que lorsque les rêves disparaissent, ce sont les récits qui sont aussi en jeu, et les souvenirs. Ton amie Marie a eu raison de te confier son cahier. C'est ici qu'il doit être, avec les autres.

— Tu as lu mon article?

— Oui, ce matin pendant que tu dormais, je suis allé lire les journaux à la bibliothèque.

Du sac à dos qui ne l'avait pas quitté de toute la visite, il sortit le grand cahier noir et bleu de Marie et me le tendit. Il désigna une fille qui se trouvait à un bureau près des fenêtres.

— Tu pourras le confier à Julie. Elle est archiviste, c'est elle qui s'occupe de la section des cahiers de rêves.

Peut-être parce qu'il m'avait vue serrer le cahier contre moi, il ajouta :

— Mais rien ne presse, hein. Tu peux garder le cahier le temps que tu le souhaites si tu veux le lire.

Il ajouta :

— Parfois, les rêves repoussent. Certains sont plus doués que d'autres pour faire renaître les images. Assez classiquement, nous les avons appelés des accoucheurs. Viktor, là, ne manque pas de talent, me dit-il en désignant un gars qui était assis, les yeux fermés, sur un transat. Tu pourras aller le consulter si tu veux. Mais suis-moi, il me reste une pièce à te montrer.

Nous avons retrouvé le couloir. La longue liste des panneaux se poursuivait : « Salle des miroirs », « Salle des pas perdus », « Hackages », « Situations », « Salle des canulars », « Cartographies ».

La voix m'est revenue :

— Pourquoi les cartographies ?

— C'est le même but partout, a dit Zorn : que les rêves ne meurent pas. Et pour ceux qui sont morts : qu'ils renaissent. En quelque sorte, tous les moyens sont permis. Nous expérimentons.

Il montra la porte qui se trouvait au fond du couloir. La mélodie d'un piano nous parvenait. Nous ne souriions plus. Un ultime panneau annonçait : « Salon de musique ». J'ai ouvert. Un homme était assis devant un grand piano noir ; ses longs doigts inventaient des prodiges. C'était Archibald.

3

Je n'ai pas couru vers lui. J'ai profité qu'il ne pouvait nous voir pour le contempler en secret. Il jouait du Bach. Les boucles grises dansaient sur ses épaules, presque en angles, comme parallèles à la musique. Sur le dos du piano était posé le métronome de Spinoza, dont le balancement régulier se mêlait à la mélodie. En voyant ces épaules, j'ai respiré. La mort n'avait pas pris ce que j'aimais.

Le piano s'est tu. Pas la musique qui continuait dans l'air et dans nos têtes. Archibald a levé les yeux. Zorn nous avait faussé compagnie sans que je m'en aperçoive : nous étions seuls.

— Camille.

— Archibald.

Parmi les choses qui flottaient entre nous, il n'y avait pas que les notes qui venaient d'être jouées, mais des souvenirs, étonnamment des souvenirs. L'avais-je donc rencontré avant ce jour où nos yeux s'étaient croisés dans sa boutique ? Alors qu'Archibald s'approchait de moi, je sus soudain : un matin, jeune, je marchais dans les bois sous le soleil déjà dur de l'été. J'avais les genoux écorchés et des projets de lance-pierres. Une maison était au loin, à l'architecture intrigante. Là, seule dans la petite pente qui montait à l'étang, j'avais vu un peuple et senti des visages. Parmi eux, à l'avant, il y avait celui d'Archibald. Archibald en entier, enfant, adolescent, homme et vieillard, Archibald par les yeux d'amour sans décompte.

Il a pris mes mains et a dit :

— J'ai rêvé de toi.

Moi, encore un peu endormie, j'ai pleuré. Avec cet air grave qu'il prenait pour considérer les situations, il a retiré sa main des miennes et s'est un peu éloigné pour les regarder. J'ai compris. Les miennes étaient désormais plus pâles que les siennes ; translucides, on apercevait les veines bleues. Archibald n'a rien commenté, il a seulement montré la fenêtre.

— Allons dehors, Camille, voulez-vous ?

Devant l'orphelinat, la prairie, fauchée seulement par endroits, formait des petits chemins creux qui s'enfuyaient parmi les herbes hautes. Certaines, très grandes, approchaient des deux mètres et l'on pouvait s'y cacher complètement. Le mois de mai donnait en plein et les herbes exhalaient les premières odeurs de l'été. Nous marchions lentement dans les allées, sans croiser quiconque. D'une petite clairière, on apercevait au loin, à demi masquée par les feuillages, la longue bâtisse de l'orphelinat. Protégé de la chaleur de l'après-midi par quelques arbres se trouvait un banc de pierre où Archibald proposa qu'on s'assoie.

— Quelle joie de vous revoir, Camille.

Fallait-il dire à cet homme que j'avais traversé l'Europe à reculons, hantée par les sonneries qui retombaient dans le vide ? Non, bien sûr que non. J'ai seulement demandé :

— Quand êtes-vous arrivé ?

— Il y a trois jours, répondit Archibald. Lorsque l'air est devenu irrespirable à Paris, j'ai décidé de fermer l'atelier et je suis venu. Là-bas, je ne servais plus à grand monde.

Il me regardait.

— En quelque sorte, vous avez été ma dernière recrue, Camille. Mais Esther est passée me voir peu avant que je ne parte. Elle m'a raconté votre fuite du phare. Elle sait que je suis venu ici et m'a chargé de vous saluer. Il est possible qu'elle nous rejoigne bientôt.

Ses beaux yeux gris ne cessaient pas de me fixer. Moins translucides qu'à Paris, il était devenu possible de les regarder. Mais Archibald ne m'a pas laissé le loisir d'y plonger. Il s'était levé pour regarder la mer, de l'autre côté des arbres. Alors j'ai posé la question qui me brûlait les lèvres :

— Archibald, pourquoi êtes-vous ici ?

Il a souri gravement, sans se dérober.

— Il me semble en effet que je vous dois quelques explications.

Explications... Le mot était fait pour m'effrayer. Je n'étais pas sûre de vouloir sortir de la relative obscurité où je me trouvais. La lumière aveugle parfois plus qu'elle ne révèle. Mais qu'Archibald ait dit le mot m'inquiétait encore davantage. J'ai cédé :

— Que voulez-vous dire ?

— Seulement que je connais Zorn depuis longtemps,

Camille. J'ai vu naître Büyükada. J'ai fait partie de ce qu'on a appelé le premier cercle.

Je l'écoutais.

— Et puis il y a autre chose.

Sa voix se fit très douce.

— Lorsque vous êtes venue me trouver, rue Bernoulli… Je savais que vous viendriez. Je vous attendais.

J'ai répété bêtement :

— Vous saviez…

Les images ont erré, sans ordre. J'ai pensé au premier matin sur le boulevard devant le commissariat. C'était si loin. Un souvenir, pourtant, émergeait du magma.

— Mais alors… Et le Bottin ? Je vous ai trouvé par le Bottin, Archibald.

Il ne souriait plus.

— Le Bottin est un moyen parmi d'autres. Cela aurait pu être la rue, un café, une réunion. La piscine, qui sait. Les coïncidences se moquent des faits. Une seule chose est certaine les concernant : rien n'est improbable pour qui se cherche. Nous savons maintenant comment aider les routes à se croiser. Nous leur donnons parfois un coup de pouce, si vous voulez.

Je réfléchissais à toute allure. Si explication il devait y avoir, qu'au moins elle soit complète. *Autrefois, j'étais journaliste et je savais poser des questions…*

— Comment êtes-vous venu ?

— J'ai pris un de nos bateaux, à Marseille. Car nous constituons une flotte, Camille. Avez-vous visité notre port ?

Je secouai la tête.

— Il vous surprendra peut-être. Un de nos projets prioritaires n'est pas, comment dire, sans envergure : nous essayons de mettre au point une manière viable de construire des cargos à voiles. Pour l'instant, nous n'avons pas complètement réussi, le système d'élancement de la voile résiste à nos recherches, mais nous y sommes presque.

Il avait un regard de chat.

— Pour vous répondre plus complètement, je suis arrivé par la voie du sud, en longeant la Grèce. C'est le chemin le plus pratique lorsqu'on vient de Paris. Nous nous sommes d'ailleurs demandé un temps si nous n'allions pas venir vous chercher à Venise.

— Vous saviez cela aussi ?

— Oui. Mais ceci n'a rien d'étonnant.

Il me fixa plus intensément.

— C'est le second aveu que j'ai à vous faire, Camille. Cet instrument que je vous ai donné, rue Bernoulli : il nous reliait à vous. Il est doté d'un émetteur qui permettait de savoir où vous vous trouviez. Nous le donnons à chacun de ceux qui viennent nous voir.

— Vous m'avez géolocalisée ?

— Vous imaginez bien que ce n'est pas ce dont nous sommes le plus fiers.

Je me suis levée, furieuse. J'avais été manœuvrée de Paris jusqu'à l'embouchure du Bosphore sans me rendre compte de rien. Colère sourde. Contre eux mais aussi contre moi. Un pion dans un jeu de quilles.

Courageux, Archibald reprit d'une voix qui ne s'excusait pas :

— Ces lignes que nous posons aux quatre coins du monde sont comme celles que les pêcheurs apposent au fond des mers : un filet. Elles permettent qu'on soit moins fragiles, elles donnent une chance au maillage de se refaire. Car nous sommes encore trop peu nombreux. Si nous nous égarions dès le premier instant, comment prétendre y arriver ?

Il se tourna vers moi.

— Bien sûr, nous informons les intéressés dès que nous le pouvons, c'est-à-dire dès qu'ils sont en mesure d'entendre, dès qu'ils ont *vu*. Nous chérissons le mystère mais pas le secret. Büyükada est un lieu ouvert. On peut y arriver comme en repartir. Le seul interdit concerne les écrans : il n'est pas permis d'en transporter sur soi, on ne les consulte que dans la salle qui est réservée à leur usage. Ces mesures provisoires nous ont semblé nécessaires.

Il se fit un silence. Puis :

— Voici pour un rapide aperçu de notre *éthique*.

Il souriait.

— J'ajoute que ces localisations ont quelques avantages. Elles permettent par exemple de procéder de temps à autre à des invitations.

Il plongea ses yeux dans les miens.

— Vous devriez descendre à la jetée, Camille. Il est possible que vous ayez de la visite.

4

Archibald n'ajouta rien, il montra seulement : caché sous les arbres, un chemin descendait vers la mer. Ma colère retomba aussi subitement qu'elle était montée.

— Allez, Camille. Si vous le voulez bien, nous nous retrouverons plus tard pour un whisky. Vous me raconterez tout.

Sans que j'aie pu ajouter le moindre mot, il tourna les talons et s'éloigna en direction de l'orphelinat. Le soir commençait de tomber et l'air était visible entre les choses. Les sous-bois craquaient. Je descendis vers l'eau. Le soleil avait disparu derrière la mer. En bas de la colline, il y avait de très grandes formes que la pénombre et le fouillis des arbres ne permettaient pas de distinguer en entier. Mais je vis bientôt mieux. *Nous constituons une flotte, Camille*, avait dit Archibald, sans ajouter que certains de leurs bateaux étaient plus grands qu'un immeuble. Un cargo reposait dans le port, inachevé, avec au-dessus de lui, pendue par des câbles, une voile si démesurée que son ombre recouvrait la moitié de la forêt. J'eus le temps de penser que la taille de l'orphelinat les avait peut-être rendus fous, que vivre dans une île était possiblement dangereux. Dans les ruelles du chantier, tout était désert mais des voix jaillissaient, rebondissant dans les couloirs de fer. En m'approchant, je compris qu'elles allaient vers la mer.

Ils étaient dix, vingt peut-être, à se tenir sur la plage, certains dont le corps était plongé dans l'eau jusqu'aux cuisses. Ils attendaient, torches à la main. Au loin, contrastant avec le ciel, une barque avançait vers la rive. Elle fut bientôt assez proche pour qu'on distingue les formes, les lignes, les visages. À sa proue, Marie était assise. Plus blanche que je n'avais connu personne, elle éclairait la nuit. La barque racla le sol et s'échoua sur la jetée. Un homme éleva Marie par-dessus les bardages, et les chevaux qui attendaient un peu plus loin trépignèrent. Un bref instant, Marie posa sur moi ses yeux d'aigle. Son corps était devenu neige. L'homme fit signe que je m'écarte et porta Marie jusqu'aux chevaux. La calèche prit le chemin du palais, accompagnée par les torches.

Je n'allai pas avec eux. Je ne suivis pas les lumières qui s'éloignaient dans la colline. Il me fallait rester auprès de l'eau, m'assurer de cette barque. La mer réveilla mon sang. La nuit avait tout envahi. Je nageai vers le bateau et rampai le long de son bois. Les planches glissaient mais une main s'est tendue. Andrea. Andrea que je cherchais et qui m'était rendu. J'ai saisi sa main et me suis hissée à bord et dans ses bras.

Son souffle dans le noir. Sa nuque. L'exacte inflexion de ses boucles. Sa peau surtout, sa peau avant toute chose et l'oubli, le souvenir mêlé à l'inconnu. Cachés sous les grands pans de toile, nos bras se tendaient vers le vide, apeurés. Nous tombions sans pouvoir revenir. Doucement, son menton s'est levé et nos regards se sont mêlés. Qui était cet homme ? Sans que nos yeux se quittent, il a pris mes cheveux, capturé mes poignets. La chair était le passage. J'ai vu le temps. J'ai su que nous pourrions nous en sortir. La vapeur. Un soupir. En nous tenant la main, nous sommes nés à nouveau.

ÉPILOGUE

La colline cachait les lumières d'Istanbul. Il faisait nuit noire quand je m'extirpai du bateau pour regagner l'île. Andrea dormait. La barque, accrochée au ponton par une corde, se balançait doucement sur l'eau. Je retrouvai le chemin dans les bois et montai vers l'orphelinat. À mi-pente, la musique me rejoignit, avec ses airs gitans. Une voix de femme perçait l'obscurité, accompagnée de guitares, d'un violon et, quand je m'approchai, du brouhaha propre aux bals, mêlés aux pas des danseurs sur le parquet : les musiciens jouaient sur la terrasse qui bordait l'orphelinat. Les fenêtres étaient éclairées par des lampes jaunes, aux lumières changeantes et chaudes. De petits groupes étaient assis sur l'herbe, qui faisaient comme des grappes dont les membres regardaient le bal ou causaient les verres à la main. Les feux allumés ici et là dans le jardin ajoutaient des jeux d'ombre aux mouvements des danseurs.

Archibald était assis sur le petit banc de pierre où nous nous étions retrouvés un peu plus tôt. Les yeux fermés, il battait la mesure avec son pied gauche. Je me suis assise sans bruit près de lui.

— Camille ? Écoutez Tara, elle chante comme si on lui avait offert la forêt.

Plus loin, au milieu de la pelouse et des jeunes gens, Marie était allongée sur une chaise longue. Aussi pâle que lorsqu'elle était sortie du bateau, elle avait l'air profondément endormie. Sur la piste, un couple dansait mieux que les autres. La fille avait des mouvements de sirène dont on ne pouvait détacher le regard. Son compagnon, dont les espadrilles s'agitaient si vite qu'on avait peine à les suivre, la faisait tourner avec une précision métronomique. La musique s'alanguit soudain, ils s'enlacèrent et ce fut comme si le temps s'arrêtait pour mieux les regarder.

Archibald s'était levé et me tendait son bras. J'avais l'âme légère, il me semblait que tant de batailles s'arrêtaient là, dans ces arabesques vertes, noyées par le chant des violons et des voix. La gaieté était revenue qui ne s'en irait pas. Cette fois, je ne voulus pas la saisir, j'acceptai qu'elle vole au-dessus de nos têtes. Nous étions enfin quelques-uns. J'ai donné mon bras à Archibald et l'ai laissé me conduire. La musique était tendre. Nous tournions. Entre deux pas, j'ai aperçu Zorn, adossé contre un mur près de la buvette. Il avait l'air satisfait, un soldat qui a accompli sa mission et peut enfin lever son chapeau. Ils étaient tous là, jusqu'à Andrea dont je sentais la présence dormante, au bas de la colline, sur l'eau calme. Les bras d'Archibald, ses yeux myopes avec en leur fond un rire que nous n'avions pas besoin de faire éclater, la masse fournie des arbres. Marie souriait dans son sommeil, Zorn regardait. J'ai vu le phare reparaître. La Volvo. La cabane. Les reflets de Venise. La nuit. J'ai tourné mes yeux vers la mer. Une petite embarcation prenait le large.

Tous mes remerciements vont à Gabrielle, Christian, Lucile, David, Pierre et Violette.

Sans vous, ce qui est devenu un livre ne serait qu'un vieux songe dans un cartable.

Composition : Entrelignes (64)
Achevé d'imprimer
par CPI Firmin-Didot
à Mesnil-sur-l'Estrée, en janvier 2023
Dépôt légal : janvier 2023
Numéro d'imprimeur : 173514

ISBN : 978-2-07-300442-0/Imprimé en France

551244